모래시계가 된 위안부 할머니

초록우산
어린이재단

(주)푸른책들은 도서 판매 수익금의 일부를 초록우산 어린이재단에 기부하여 어린이들을 위한 사랑 나눔에 동참합니다.

푸른도서관 52
모래시계가 된 위안부 할머니

초판 1쇄 / 2012년 7월 25일
초판 5쇄 / 2024년 8월 30일

지은이/ 이규희
펴낸이/ 신형건
펴낸곳/ (주)푸른책들
등록/ 제321-2008-00155호
주소/ 서울특별시 서초구 양재천로7길 16 푸르니빌딩 (우)06754
전화/ 02-581-0334~5 팩스/ 02-582-0648
이메일/prooni@prooni.com 홈페이지/ www.prooni.com
인스타그램/@proonibook 블로그/blog.naver.com/proonibook

글 ⓒ 이규희, 2010, 2012

ISBN 978-89-5798-326-3 03810

*잘못된 책은 구입한 곳에서 바꾸어 드립니다.
*이 책 내용의 일부 또는 전부를 재사용하려면 반드시 저작권자와
(주)푸른책들 양측의 서면 동의를 얻어야 합니다.

이 도서의 국립중앙도서관 출판시도서목록(CIP)은 e-CIP홈페이지(http://www.nl.go.kr/ecip)와 국가자료공동목록시스템(http://www.nl.go.kr/kolisnet)에서 이용하실 수 있습니다.
(CIP제어번호 : CIP2012002690)

모래시계가 된
위안부 할머니

이규희 지음

푸른책들

차례

507호가 수상하다 • 7

귀신 할머니 • 11

깜빡 속았다 • 17

위안부가 뭐지? • 23

달라진 김은비 • 28

빈집에서 • 38

내 고향 선팽이 • 44

함흥 엄마 • 52

캄캄한 기차를 타고 • 60

어여쁜 꽃봉오리는 꺾이고 • 66

엄마가 되다 • 72

다시 위안부 할머니가 되어 • 82

하나둘 떠나는 할머니들 • 85

선팽이 가는 길 • 95

할머니의 족두리 • 103

서른다섯 개의 화분만 남기고 • 108

작가의 말 • 122

507호가 수상하다

 드디어 새 집이 생겼다. 겨우 열 평짜리 임대 아파트지만 아빠가 운영하던 신발 가게가 망하고 나서 다섯 번이나 이사를 다닌 끝에 얻은 진짜 우리 집이다.
 "참 좋다!"
 엄마는 집 안을 휘 돌아보며 흰 구름처럼 환하게 웃었다.
 "드디어 내 방이 생겼어."
 은비도 저절로 입이 벌어졌다. 5학년이 될 때까지 전학만 몇 번을 다녔던가. 이제야 파란만장했던 김은비의 인생에도 볕 들 날이 온 거다.
 엄마와 은비에게 방을 내주고 좁은 마루에서 새우잠을 자던 아빠도 집 안을 돌아다니며 벙실벙실 웃었다.

"여긴 우리 같은 사람들에겐 그만이란다. 이사 갈 걱정도 없고 얼마 동안 살다 보면 아예 분양도 해 준다니 이보다 더 좋을 순 없지."

망하기 전까지는 넓은 집에서 살았건만 아빠에겐 이 조그만 집이 대궐처럼 보이는 모양이었다.

"그동안 당신이랑 우리 은비, 고생 많았어. 이 집에서 예전처럼 잘살아…… 보자……."

짐 정리가 대충 끝나자 아빠는 엄마와 은비 손을 꼭 잡고 눈물을 글썽였다.

"여보, 이젠 두 발 쭉 뻗고 잘 우리 집이 생겼는데 뭐가 걱정이에요. 집 장만 기념으로 오늘 삼겹살 파티나 해요."

엄마는 손을 내저으며 벌떡 일어났다. 좀 더 있다간 아빠가 눈물 콧물 흘리는 모습을 보게 될까 봐 겁이 난 듯이. 정말이지 씨름 선수처럼 허우대가 큰 아빠는 지난 3년 사이 울보라도 된 양 툭하면 눈물을 흘리곤 했다.

"자아, 고기 타겠어요. 어서 드세요."

엄마는 어느 틈에 식탁에다 전기 프라이팬이며 상추, 삼겹살 등을 차려 놓았다. 세 식구는 고소하고 맛있는 삼겹살을 구워 먹으며 모처럼 오붓한 시간을 가졌다.

다음 날 아침에 일어나 보니 엄마 아빠는 벌써 일을 나가고 없었다. 엄마는 행복마드에 핀메원으로 일하러 가고 아빠는 승객을 태우러 택시를 몰고 나간 것이다.

'나도 슬슬 학교에 가야지.'

은비는 옷장을 열어 놓고 옷을 고르기 시작했다. 벌써 다섯 번째 전학이니 어떤 옷을 입어야 할지 고민할 필요도 없었다. 프릴 달린 원피스를 입었다간 첫날부터 공주병 환자로 따돌림을 받을 테고, 진분홍 바지를 입었다간 촌스럽다고 놀림을 받을 게 분명했다. 그냥 청바지에 연두색 티셔츠가 가장 무난했다.

은비는 옷을 다 입고 식탁 앞에 앉아 엄마가 차려 놓은 아침밥을 먹기 시작했다. 콩나물국을 한 숟가락 떠서 입으로 막 가져가려는데, 어디선가 무슨 소리가 들려왔다.

"아이고, 내 새끼들. 그래, 잘 잤어? 예쁘기도 해라. 엄마 나갔다 올 테니 잘 있어야 해, 알았지?"

가만히 귀를 기울여 보니 옆집에서 나는 소리였다.

'치, 무슨 아파트가 이래? 도대체 방음이 안 돼 있잖아.'

은비는 가자미눈을 하고 옆집을 흘겨보았다. 이사 와서 잔뜩 들떴던 기분이 다 가라앉으려고 했다. 하지만 지금 그걸 불평할 때가 아니다. 첫날부터 지각하면 곤란하니까.

은비는 국에다 밥을 말아 후루룩 먹고는 부리나케 책가방을 둘러메고 밖으로 나왔다.

'그런데 어떤 아이들이 살지? 내 또래면 좋을 텐데…….'

은비는 현관문을 잠그다 말고 옆집을 흘깃 바라보며 생각했다.

그런데 참 이상한 일이었다. 이사 온 지 일주일이 지나도록 은비는 옆집 아이들을 통 볼 수가 없었다.

"에구, 내 새끼들, 예쁘기도 해라."

날마다 베란다 쪽에서 이런 소리가 들리는 걸 보면 분명히 집 안에 아이들이 있다는 소리인데 말이다.

'혹시 몸이 불편한 아이가 아닐까? 그래서 학교도 안 가고 밖에 나와 놀지도 못하는 건지 몰라. 근데 자꾸 할머니 목소리만 들리는 것도 이상해. 몸만 불편한 게 아니라 말도 못하는 걸까?'

은비는 엉뚱한 생각을 하며 고개를 갸웃거렸다. 아무리 생각해도 참 수상한 옆집이었다.

귀신 할머니

'어, 부침개 냄새잖아?'

학교에서 돌아오던 은비는 복도 가득 풍기는 고소한 기름 냄새에 저절로 침이 꼴깍 넘어갔다. 그런데 현관문을 여는 순간 부엌에서 정신없이 부침개를 부치고 있는 엄마가 보였다.

"엄마! 어떻게 된 거야? 마트는?"

"호호, 오늘은 오전 근무만 하는 날이야. 이사 온 지 열흘 넘도록 여태 이웃들한테 인사도 못 드렸잖니. 마침 마트에서 야채를 떨이로 팔아서 넉넉하게 사 왔어. 해물도 좀 샀고. 부침개 부쳐서 나눠 먹으려고."

"아파트 전부 다?"

은비는 눈이 휘둥그레져서 물었다.

"아휴, 그럼 좋겠지만 재료 값이 만만찮으니 그럴 순 없지. 다른 층 사람들한텐 좀 미안해도 그냥 5층에 사는 분들이랑 경비 아저씨나 드리려고."

엄마는 애호박이며 부추, 풋고추, 오징어, 새우가 잔뜩 들어간 반죽을 프라이팬에 한 국자 떠 넣으며 활짝 웃었다. 치지직 기름 튀는 소리가 나면서 또다시 고소한 냄새가 풍겨 왔다.

"난 또, 다른 집에서 부침개 부치는 줄 알고 침만 꼴깍 삼켰네."

은비는 부침개 한쪽을 손으로 쭉 찢어서는 입안 가득 베어 물었다. 엄마가 만든 부침개는 정말 최고였다. 적당히 노릇노릇하고 쫄깃쫄깃하고 부드럽고 고소해서 비 오는 날이면 아빠가 특별 주문을 할 정도였다.

"자, 그럼 501호부터 배달 나갑니다!"

은비는 엄마가 싸 준 부침개 접시를 들고 복도로 나왔다.

"어머, 뭘 이런 걸 다 해 왔니? 잘 먹을게."

501호 아줌마는 입을 함지박만 하게 벌리고는 좋아했다.

'흐흐, 501호는 이제부터 메기 아줌마다!'

은비는 빈 접시를 들고 오며 히죽히죽 웃었다.

"아따, 맛있겠구먼, 잉!"

502호 할아버지도 앞니 빠진 입으로 호물호물 웃었다.

'히히, 502호는 팥죽 할아버지다!'

은비는 비좁은 임대 아파트에 살지만 어딘가 모르게 마음씨가 착해 보이는 이웃들의 모습에 괜히 웃음이 나왔다. 그렇게 503호, 504호, 505호를 돌고 옆집인 507호로 갈 차례였다.

'야호! 드디어 옆집 사람들을 보겠구나.'

은비는 따끈따끈한 부침개 접시를 들고 호기심 어린 마음으로 초인종을 눌렀다. 하지만 한참이 지나도록 안에서는 아무 기척이 없었다.

'아무도 없나? 에이, 어떤 아이가 사는지 꼭 보고 싶었는데.'

한참을 기다리던 은비가 잔뜩 실망해서 되돌아서려 할 때였다.

"밖에 누가 왔어?"

머리가 허옇게 센 할머니 한 분이 현관문을 빠끔 열고 내다보았다.

'으악, 귀, 귀신 할머니다!'

은비는 흠칫 놀라 뒷걸음질을 쳤다. 쪽을 진 부스스한 하얀 머리, 쭈글쭈글 주름진 얼굴, 잔뜩 쉰 목소리가 영락없이 그렇게 보였다. 태어나서 이렇게 무섭게 생긴 할머니는 처음 보았다. 하지만 그렇다고 부침개를 도로 가져갈 수도 없는 노릇이었다.

"하, 할머니, 이, 이거요……. 새로 이사 온 506호인데 인, 인사드리러……."

은비는 덜덜 떨며 접시를 내밀었다.

"뭘 이런 걸 다. 이리 다오."

할머니는 손을 내밀어 접시를 받았다. 할머니의 손은 검버섯이 군데군데 피어 있고 나뭇등걸처럼 딱딱해 보였다.

"그럼, 아, 안녕히……."

은비는 인사도 제대로 못한 채 후다닥 집으로 뛰어들어 왔다.

"아휴, 선머슴처럼 왜 그렇게 뛰어다녀? 빈 접시는 어떡하고?"

엄마는 달랑 쟁반만 들고 온 은비를 보며 물었다. 너무 놀란 나머지 접시를 돌려받는 걸 깜빡한 것이다.

"몰라, 몰라. 나중에 엄마가 받아 와."

은비는 고개를 절레절레 내저었다.

"원, 저런 덜렁이를 봤나. 자, 그럼 나머지 집도 얼른 다녀와."

엄마는 새 접시에 다시 부침개를 담아 주었다. 은비는 그렇게 508호부터 512호, 그리고 경비실까지 부침개를 날랐다.

다음날이었다.

"딩동!"

한참 컴퓨터 게임을 하고 있는데 누군가 은비네 집 초인종을 눌렀다.

"누구세요?"

은비는 큰 소리로 물었다. 밖에서는 대답 대신 자꾸만 현관문을 쾅쾅 두드렸다.

"에이, 누구지?"

짜증이 잔뜩 묻은 얼굴로 은비는 문을 벌컥 열었다. 그러자 문 앞에 귀신 할머니가 떡하니 서 있는 게 아닌가.

"앗, 하, 할머니!"

은비는 흠칫 놀라 자신도 모르게 뒷걸음을 했다. 옆집 할머니만 보면 왜 이렇게 덜덜 떨리고 말을 더듬게 되는지 모를 일이었다.

"시장에 나갔다가 시루떡이 맛있어 보여서 좀 샀다. 맛난 부침개 얻어먹고 빈 접시만 달랑 주면 예의가 아니지."

할머니는 팥고물이 잔뜩 묻은 떡이 한가득 담긴 접시를 내밀었다. 방금 쪄 냈는지 따끈따끈한 떡이 먹음직스러워 보였다.

"고, 고맙습니다."

은비는 얼른 접시를 받아 들고 고개를 꾸뻑 숙였다. 그러고는 재빨리 현관문을 닫으려 했다. 그러자 할머니가 몸을 안으로 쓱 디밀며 집 안을 이리저리 들여다보았다.

"안에 아무도 없어?"

"네."

"엄만 어디 가고?"

"행복마, 마트에 일하러 가, 가셨어요."

은비는 여전히 주눅 든 얼굴로 떠듬떠듬 대답했다.

"아빠는?"

"아빤 태, 택시……."

은비는 말끝을 흐렸다. 자꾸 꼬치꼬치 묻는 할머니가 기분 나빴다.

"음, 가끔 집 앞에 택시가 서 있던데 이 집 거였구먼."

할머니는 아빠가 쉬는 날 세워 둔 노란 택시를 눈여겨본 모양이었다. 친척들이 돈을 모아 사 준 개인택시였다. 은비네 자가용이기도 하고.

"그래서 혼자 있는 게야? 쯧쯧, 딱하기도 해라."

할머니는 뭐가 안됐다는 건지 혀를 끌끌 차며 집으로 돌아갔다.

"아휴, 이상한 할머니야."

은비는 옆집 할머니에게 집안 사정을 다 들킨 것 같아 괜히 풀풀 부아가 났다.

깜빡 속았다

다음날 학교에서 돌아오는 길에 은비는 저만치 앞서 가는 아이를 보았다.

'민태우잖아.'

민태우. 같은 반 남자아이들 중에서 은비가 가장 마음에 들어 하는 아이다. 다른 남자아이들처럼 지나치게 나부대지도 않고 여자아이들을 대하는 태도도 좋아 보였다. 수업 시간에 발표하는 목소리도 우렁차고 아이들 사이에 인기도 있었다.

'저 위 미리내 아파트에 사는 걸까?'

은비는 멀리 성처럼 우뚝우뚝 서 있는 새 아파트 단지를 올려다보았다.

은비는 얼마 전에 반장인 민희가 임대 아파트로 들어가는 은비를 보며 놀라던 얼굴을 떠올렸다. 아이들이 임대 아파트에 사는 아이들을 은근히 무시한다는 걸 은비도 알고 있었다. 엄마들이 임대 아파트에 사는 아이들이랑 친하게 지내는 걸 못마땅하게 여긴다는 것도.

'태우한테 들키기 싫어.'

은비는 태우 뒤를 천천히 따라갔다.

그때였다. 터덜터덜 걸어가던 태우가 갑자기 달빛마을 임대 아파트 단지 쪽으로 들어가는 게 보였다.

'어, 태우도 나랑 같은 아파트에 사네? 그렇다면…….'

은비는 반가운 나머지 자기도 모르게 큰 소리로 태우를 불렀다.

"민태우!"

"어, 김은비. 너희 집도 여기니?"

태우가 눈을 반짝이며 물었다.

"응. 저기 704동 506호."

은비는 수줍은 얼굴로 대답했다.

"바로 우리 옆 동이네. 잘됐다. 우리 집은 703동 1201호야."

태우는 멋쩍은 듯 환하게 웃었다. 그러다가 장난스러운 얼굴로 실실 웃으며 말했다.

"근데 너, 조심하는 게 좋을 거야. 704동 아이들이 그러는데 그 동에 호랑이 할머니가 산대."

"뭐어? 호랑이 할머니?"

"그래. 함부로 과자 봉지를 버리거나, 어른한테 인사를 안 하거나, 아무튼 그 할머니 눈에 거슬리는 꼴을 보이면 된통 야단을 맞는대. 앗, 저, 저 할머니다!"

태우가 갑자기 목소리를 낮추며 어딘가를 가리켰다. 얼른 그쪽을 바라본 은비는 흠칫 놀랐다. 그 할머니는 다름 아닌 귀신 할머니였다.

"다시는 꽃 꺾으면 안 된다, 알았지?"

할머니는 빨갛게 핀 덩굴장미 줄기를 들고 있는 아이에게 야단을 쳤다.

"네."

아이는 잔뜩 겁에 질린 얼굴로 대답했다.

'아휴, 저런 할머니가 하필 옆집에 살다니.'

은비는 괜스레 입을 삐죽였다.

그런데 집으로 돌아와 간식을 먹고 나서 학원에 가려고 막 나서던 때였다.

"아이구, 기특해라. 예쁘기도 하지!"

"허허, 엄마가 오니까 그렇게 좋아? 그저 엄마만 보면 방글방글 웃는구먼."

옆집에서 또다시 이런 말소리가 들려왔다. 방금 전 어떤 아이를 야단치던 카랑카랑한 목소리는 온데간데없었다. 아이스크림처럼 부드럽고 다정했다.

'치, 나쁜 할머니. 자기 아이들한테 저렇게 다정하면서 다른 아이들한텐 막 소리나 지르고. 그런데 도대체 어떤 아이들이지?'

은비의 마음속에 옆집 아이들에 대한 호기심이 다시 일어났다.

'아휴, 내가 왜 그 생각을 못했을까?'

은비는 살금살금 베란다 쪽으로 나갔다. 그러고는 난간을 꽉 잡고 두루미처럼 목을 쑥 뺀 다음 고개를 돌려 507호 안을 들여다보았다. 남의 집을 훔쳐보는 게 나쁜 일인 건 알지만 도저히 궁금증을 견딜 수가 없었다.

'우와, 완전 꽃집이네!'

507호 베란다에는 온실처럼 크고 작은 화분들이 선반을 따라 가득 놓여 있었다. 꽃이 활짝 핀 베고니아며 철쭉, 영산홍, 팬지부터 이름을 알 수 없는 온갖 꽃들까지 환하게 피어 있었다. 잎이 커다란 사철나무, 고무나무, 팔손이나무 들도 보였다.

'정말 대단하다.'

잡동사니가 어지럽게 놓인 은비네 베란다와는 딴판이었다.

하지만 꽃나무 화분들이 잔뜩 놓여 있어서 도무지 집 안이 보이지 않았다.

'에이, 아무것도 안 보이잖아.'

은비의 궁금증은 더욱 커졌다. 그때였다.

'앗!'

은비는 하마터면 소리를 지를 뻔했다. 귀신 할머니가 베란다 한쪽 구석에 쪼그려 앉아 있었던 것이다. 가만히 보니 할머니는 마른 헝겊으로 꽃나무 잎을 정성껏 닦아 주며 연방 중얼중얼 이야기를 했다.

"아가, 그저 쑥쑥 자라야 해. 그래야 엄마가 기쁘지."

"에구, 어느새 이렇게 컸어?"

"그래, 그래. 목마르지? 엄마가 물 더 줄게."

할머니는 인자한 얼굴로 쉴 새 없이 꽃나무를 쓰다듬으며 말했다. 할머니의 얼굴도 꽃처럼 활짝 펴 있었다.

'뭐야, 날마다 저 꽃이랑 나무한테 말을 했단 말이야?'

은비는 누군가에게 머리를 한 대 쾅 얻어맞은 기분이 들었다.

아무리 생각해도 이상한 할머니였다. 꽃나무한테 사람처럼 말을 하다니. 귀신 할머니가 틀림없었다.

"정말 어이없다."

은비는 문을 쾅 닫고는 부리나케 학원으로 달려갔다. 할머니한테 속은 게 어찌나 분한지 공부 시간에도 속이 부글부글 끓을 정도였다.

위안부가 뭐지?

밤이 되면 은비는 혼자 있을 때가 많았다. 엄마는 마트 문을 닫고 나서야 돌아오고 아빠도 운전을 하느라 새벽녘에 들어오는 일이 많았으니까.

"젊을 때 고생은 사서도 한단다. 우리 은비 대학에 보내려면 지금 열심히 벌어야 해."

엄마 아빠는 자주 이렇게 말했다. 그 바람에 은비는 준비물도 스스로 챙기고 숙제도 알아서 제때 다 해 놔야 했다.

"이얍, 다 했다!"

수학 숙제까지 다 하고 난 은비는 얼른 텔레비전을 켰다. 아이들 사이에서 인기 있는 개그 프로그램이 나올 시간이었다.

그때였다. 채널을 돌리던 은비는 한 할머니가 어느 건물을 향해 마구 삿대질을 하며 고함지르는 걸 보았다.

"……이 썩어 빠질 놈들아! 당장 이리 나오지 못해! 너희들은 어미 아비도 없냐? 이 늙은이들이 비가 오나 눈이 오나 이렇게 나와 외치는데 왜 입도 뻥끗 안 하냐? 너희들 모두 벙어리라도 된 게야!"

하지만 할머니가 아무리 소리를 질러도 건물의 철문은 굳게 닫힌 채 누구 하나 코빼기도 보이지 않았다.

"이 염병할 놈들! 내가 죽을 줄 알아? 안 죽는다, 안 죽어! 네 놈들이 내 앞에서 무릎 꿇고 사과할 때까지 난 절대 안 죽는다! 이 개뼈다귀 같은 놈들아! 겁쟁이처럼 거기 숨어 있지 말고 어서 이리 나와!"

할머니는 고래고래 소리를 지르며 욕을 퍼부었다. 할머니 뒤로 비슷비슷하게 생긴 할머니들이 주욱 앉아 있는 것도 보였다. 많은 사람이 무슨 피켓이나 플래카드를 들고 서 있는 것도 보였다.

그때였다. 여러 사람 앞에서 마구 욕을 퍼붓던 할머니의 얼굴이 화면 가득 확대되는 순간 은비는 그만 눈이 휘둥그레졌다.

"어? 저 할머니는!"

화면 가득 얼굴을 채우고 있는 사람은 다름 아닌 귀신 할머니였다. 쪽을 진 허옇게 센 머리, 깊은 주름살투성이 얼굴, 자그마한 키, 잔뜩 쉰 목소리까지 틀림없었다.

"도대체 무슨 일이지?"

은비는 자기도 모르게 무릎걸음으로 텔레비전 앞에 바짝 다가가 앉았다. 어찌나 놀랐는지 저절로 입이 헤 벌어진 것도 모르고 있었다. 그때 취재를 하던 기자가 말했다.

"……이상 일본군 위안부 문제 해결을 위한 정기 수요집회가 열리고 있는 일본 대사관 앞에서 케이엔에스 이상철 기자였습니다."

뉴스는 눈 깜짝할 사이에 다음 소식으로 넘어갔다.

은비는 눈을 끔벅거렸다. 마치 헛것을 본 것 같았다.

'에이, 설마 귀신 할머니가 텔레비전에 나왔겠어?'

은비는 고개를 갸우뚱하다가 얼른 채널을 돌려 개그 프로그램을 보기 시작했다. 하지만 다른 때는 그렇게 웃기고 재미나던 개그맨들의 몸짓이 하나도 눈에 들어오지 않았다. 방금 전 고래고래 소리를 지르던 할머니의 모습만 자꾸 눈앞에 아른거렸다.

'그래, 틀림없이 귀신 할머니였어. 목소리도 그렇고 얼굴도 그렇고. 그런데 아까 그 기자가 말한 위안부가 뭐지? 할머니는 도대체 누구한테 그렇게 불같이 화를 낸 걸까? 그 건물 안에 어떤 사람들이 있기에 그러신 거지?'

은비는 마냥 궁금할 뿐이었다.

그때 마침 엄마가 들어오는 기척이 들렸다. 은비는 다짜고짜 큰 소리로 물었다.

"엄마, 엄마! 위안부가 뭐야?"

"위안부? 뜬금없이 그건 왜 물어?"

"아무튼 궁금해서."

"음, 나이 많은 할머니들이 가끔 텔레비전에 나와서 막 울고 소리 지르는 거 몇 번 봤어. 일제 강점기에 일본 군인들한테 끌려가서 몹쓸 짓을 당한 분들이라고 그랬어."

"몹쓸 짓? 그게 뭔데?"

은비는 눈을 동그랗게 뜨고 물었다.

"그, 그건 군인들이 억지로 껴안고 뭐……. 아휴, 너도 다 컸으니까 말 안 해도 알잖아. 그런데 왜? 학교에서 선생님이 조사해 오라던?"

엄마는 피곤하다는 듯 방바닥에 주저앉아 종아리를 두드리며 물었다.

"그게 아니라 아까 텔레비전에서 귀신, 아니 옆집 할머니가……."

은비는 텔레비전에서 본 할머니 이야기를 꺼냈다. 하지만 엄마는 대수로운 일이 아니라는 듯 시큰둥하게 말했다.

"그 당시에는 그런 일을 겪은 사람이 아주 많았대. 네 증조 할머니도 하마터면 그렇게 끌려갈 뻔했는데 부랴부랴 결혼하는 바람에 간신히 피했다고 들었어. 옆집 할머니는 아마 그럴 겨를이 없었나 보다."

"그런데 옆집 할머니가 왜 텔레비전에 나와서 막 소리 지르고 그래?"

은비의 궁금증은 점점 커졌다.

"아휴, 나도 자세히는 몰라. 먹고살기도 바쁜데 그런 일에 신경 쓸 겨를이 어디 있다고. 요즘 세일 기간이라 손님들이 어찌나 많은지 엄만 파김치가 다 됐다. 아이고 어깨야."

엄마는 하품을 해 대며 어깨와 팔다리를 주물렀다.

'치, 옆집 할머니가 텔레비전에 나왔다는데 놀라지도 않고.'

은비는 어쩐지 엄마가 야속했다. 그러다가 자기도 모르게 옆집에 귀를 기울였다. 하지만 옆집에선 아무 소리도 들리지 않았다.

'아직 안 들어오셨나?'

은비는 벽 너머에 있을 할머니에게 자꾸만 마음이 쓰였다.

달라진 김은비

'아휴, 이걸 어쩌나.'

밤 8시 20분, 책가방을 챙기던 은비는 아차 했다. 지난 미술 시간에 찰흙으로 만들다 만 자화상을 내일까지 완성해서 내야 하는데 그걸 사물함에 두고 그냥 온 것이다.

'어떡하지? 미술 점수에 들어간다고 했는데. 정말 난 까마귀 고기를 먹었나 봐. 왜 이렇게 잘 까먹는 거야.'

은비는 엄마한테 전화해서 문방구에 들러 찰흙 좀 사 오라고 할까 하다가 얼른 고개를 저었다. 지금 찰흙을 사다가 만들어도 밤을 꼬박 새워야 할 판이었다.

'이그, 못 말리는 덜렁덜렁 덜렁이. 중요할 때 꼭 이런다니까.'

은비는 주먹으로 자기 머리를 콩콩 쥐어박았다. 그러고는 지갑을 들고 문구점을 향해 달려갔다. 다행히 문구점은 아직 열려 있었다.

"아저씨, 찰흙 주세요!"

"어이구, 왜 이리 늦었냐? 자, 여기 있다!"

은비는 찰흙을 받아 들고는 아파트 쪽으로 급히 걸어갔다.

초여름이 다가오자 아파트 단지 안에 있는 나무마다 잎이 무성해져서 괜히 밤만 되면 으스스했다. 덜렁이에다 유난히 겁쟁이인 은비는 이런 밤중에 혼자 밖에 나오는 걸 싫어했다. 길고양이들이 두 눈에 불을 켜고 아파트 여기저기를 어슬렁거리는 것도 무서웠다.

'엄마한테 사 오라고 할 걸 그랬나.'

은비는 속으로 중얼거리면서 빠른 걸음으로 걸었다. 그런데 702동을 지나 703동 모퉁이를 막 돌려던 참이었다. 갑자기 잎이 무성한 벚나무 뒤에서 시커먼 그림자 하나가 휙 나타났다. 얼핏 보니 고등학생이나 대학생 오빠처럼 덩치가 컸다.

갑자기 등골이 오싹했다. 얼마 전 텔레비전에서 본 어린이 성폭행 뉴스도 떠올랐다.

은비는 자기도 모르게 걸음을 더 빨리했다. 검은 그림자도 성큼성큼 뒤따라왔다. 겁이 난 은비는 후다닥 달리기 시작했다. 검은 그림자도 덩달아 후다닥 달려왔다. 어느 순간 검은 그림자가 숨을 거칠게 쉬며 등 뒤에 다가오는 게 느껴질 정도로 가까워졌다.

"엄마야앗!"

은비는 알 수 없는 공포를 느끼며 달아났다. 하지만 검은 그림자는 더 빨리 뛰어와 미처 피할 겨를도 없이 뒤에서 은비의 어깨를 와락 잡아챘다.

"꺅! 어, 엄마아! 이, 이거 놔!"

"조용히 해!"

검은 그림자는 솥뚜껑 같은 손으로 은비의 입을 꽉 틀어막았다.

"으악! 으으윽……."

은비가 찰흙이 든 봉지로 마구 때리고 발버둥을 쳐도 소용없었다. 목소리는 입안에 갇혀 나오지 못했다. 검은 그림자는 어느 틈에 은비를 703동 뒤쪽 으슥한 곳으로 끌고 가 낮은 목소리로 윽박질렀다.

"소리 지르지 마. 그냥 네가 예뻐서 한번 안아 주려고 그래. 그러니까 얌전히 있어!"

검은 그림자는 어둠 속에서 히죽히죽 웃었다.

"으악, 사, 사람 살려!"

어디서 그런 힘이 나왔는지, 은비는 온 힘을 다해 그 검은 그림자를 떼어 놓으러 몸부림을 치고 소리를 질렀다. 하지만 여전히 솥뚜껑 같은 손이 입을 틀어막고 있어서 아무리 소리를 질러도 소용없었다.

그때였다. 은비는 간신히 입을 벌려 검은 그림자의 손가락을 있는 힘껏 깨물었다.

"으윽, 으으으……."

검은 그림자는 손가락을 움켜쥔 채 낮은 비명을 지르며 몸을 웅크렸다.

그 틈을 타서 은비는 죽을힘을 다해 집 쪽으로 달려갔다. 어떻게 엘리베이터를 타고 집까지 왔는지 기억도 나지 않았다. 온몸은 땀으로 축축하게 젖어 있었다. 찰흙 봉지도 어디서 잃어버렸는지 사라지고 없었다.

그제야 은비는 침대에 이불을 뒤집어쓰고 누워 덜덜 떨면서 엉엉 울었다. 너무나 무섭고 분하고 억울해서 견딜 수가 없었다. 검은 그림자의 끈적거리는 손이 입을 틀어막던 순간이 자꾸만 떠올라 소름이 끼쳤다.

한참을 울던 은비는 목욕탕으로 후다닥 달려가 손과 얼굴을 비누로 박박 문질러 씻었다. 하지만 검은 그림자의 무섭고 징그러운 손길은 좀처럼 지워지지 않았다.

"몰라, 몰라!"

은비는 또다시 목욕탕에 주저앉아 엉엉 울었다.

그때 엄마가 들어오는 기척이 들렸다.

"은비야, 엄마 왔다! 뭐하다 이제 샤워하니? 엄마도 빨리 반찬 몇 가지 해 놓고 씻어야 하는데. 참, 아침에 해 놓고 간 카레라이스 어땠어? 매운 맛이 더 칼칼하고 맛있지? 숙제는 다 했어?"

엄마는 다른 때처럼 한꺼번에 여러 가지를 물었다. 마치 시간이 없어서 소나기밥을 먹듯 한꺼번에 사랑과 관심을 보여 주려는 것만 같았다.

은비는 한참 만에야 목욕탕에서 나왔다.

"어서 자. 엄마도 이거 해 놓고 잘 테니까."

엄마는 은비를 흘끗 보고는 다시 정신없이 반찬을 만들었다.

"엄마, 있잖아, 아까……."

은비는 힘겹게 말을 꺼냈다.

"왜? 무슨 할 말 있어?"

엄마는 여전히 탁탁탁 도마질을 하며 건성으로 물었다.

"……아니, 그냥……."

은비는 자기 방으로 들어서며 등을 돌린 채 대답했다.

"원, 싱겁기는. 어서 자. 아침에 늦게 일어나지 말고."

엄마는 평소와 다름없이 말했다.

"응."

은비는 방으로 들어왔다. 침대에 눕자 저절로 눈물이 흘러내렸다. 하지만 엄마에게 아무 말도 할 수 없었다.

'엄마한테 말 안 하길 잘했어. 보나 마나 울고불고 하면서 야단치실 거야. 내가 아무 일 없었다고 말하더라도 꼬치꼬치 캐물을 게 분명해. 수다쟁이 엄만 또 아빠한테 말하겠지. 그럼 아빤 그 나쁜 오빠를 잡는다고 경찰서에 연락할 거야. 하지만 그런다고 뭐가 달라지겠어. 싫어, 싫어. 누구에게도 알려져선 안 돼.'

은비는 이불을 푹 뒤집어쓴 채 중얼거렸다. 하지만 아무리 애를 써도 잠을 잘 수가 없었다. 눈을 감으면 자꾸만 징그러운 손길이 떠올랐다. 히죽히죽 웃던 얼굴도.

"으악!"

그날 밤 은비는 자다가 몇 번이나 소리를 지르며 일어났다. 잠이 들 만하면 자꾸만 그 무서운 그림자가 나타나 은비를 만지려고 했다.

"으악, 싫어, 싫단 말이야!"

"아니, 은비야! 왜 그래? 무서운 꿈이라도 꿨니? 쯧쯧, 또 키 크려고 그러나 보다. 이젠 그만 커도 되는데. 아무튼 엄마 아빠 여기 있으니까 안심하고 자. 알았지?"

엄마는 졸음이 잔뜩 묻어나는 목소리로 말했다.

'바보 엄마, 미련 곰퉁이 아빠. 내가 무슨 일을 당했는지도 모르고 돼지처럼 쿨쿨 잠이나 자고……'

은비는 엄마도 아빠도 미웠다. 모두 다 꼴도 보기 싫었다.

다음날 은비는 학교에 갈 수가 없었다. 너무 무서워서 집 밖으로 나갈 수가 없었다. 검은 그림자가 어디선가 나타나 은비를 또다시 와락 끌고 갈 것만 같았다. 온몸에서 열도 펄펄 끓었다.

"어머, 갑자기 왜 이렇게 열이 나지? 여보, 아무래도 나 오늘 마트에 못 나가겠어요. 은비 데리고 병원에 가 봐야겠어요. 요즘 아이들이 갑자기 열이 오르면 가와사키병 같은 걸 의심해 봐야 한다잖아요. 신종플루인지도 모르고."

"아무래도 그게 좋겠어요. 그런데 멀쩡하던 우리 딸이 갑자기 왜 이러지?"

아빠는 걱정스런 얼굴로 은비의 이마에 손을 얹었다. 그때였다.

"으악!"

은비는 갑자기 아빠의 손을 획 뿌리치며 외마디 비명을 질렀다. 아빠 손이 얼굴에 닿는 순간 갑자기 어젯밤 일이 떠오른 것이다.

"은, 은비야!"

아빠는 놀란 눈으로 은비를 바라보았다. 은비는 이불을 뒤집어쓴 채 흐느껴 울었다.

"왜 그러니? 무슨 일 있어? 아무튼 엄마랑 병원에 다녀와 봐. 그럼, 아빠 일 니간다."

무안해진 아빠는 어쩔 줄을 몰라 머뭇거리다 현관문을 나섰다.
 그 후 은비는 자주 악몽에 시달렸다. 병원에 다녀와서 열은 내렸지만 어떻게 해도 그 이상하고 찝찝한 기분은 가시지 않았다. 은비가 결석을 하자 태우가 병문안을 왔지만 은비는 태우를 만나 주지 않았다. 태우 얼굴을 마주 볼 수가 없을 것 같았기 때문이다.
 그렇게 며칠을 앓고 난 후 간신히 학교에 갔지만 어쩐지 세상이 달라진 것만 같았다.
 "김은비, 어디가 그렇게 아팠어? 이젠 다 나았어?"
 서윤이가 걱정스레 물었다.
 "응, 이제 괜찮아."
 은비는 빙긋 웃어 보였다. 그러나 속으로는 그런 일 따윈 당해 보지 않은 서윤이가 마냥 부러웠다.
 '난 이제 다른 아이들하고는 달라졌어. 내가 뭘 잘못했기에 그 오빠가 날 끌고 간 걸까?'
 은비는 다른 아이들보다 한 뼘이나 더 큰 키도 마음에 들지 않았다. 그날 입었던 분홍색 반바지도 다시는 입고 싶지 않았다. 머리를 길게 늘어뜨린 채 머리띠로 멋을 낸 것도 마음에 들지 않았다.
 '내가 너무 언니들처럼 보였나?'

은비는 그날로 미장원에 가서 긴 머리카락을 싹둑 잘랐다. 예쁜 머리핀과 머리띠도 몽땅 쓰레기통에 내다 버렸다.

"김은비, 왜 그렇게 머릴 잘랐니? 넌 긴 머리가 예쁜데."

태우가 아쉬운 듯 물었다.

"머리 자르는 데도 무슨 이유가 있니? 그냥 자르고 싶어서 잘랐어."

은비는 쌀쌀맞게 쏘아붙였다.

"어, 은비야. 너 어쩐지 다른 아이 같아. 왜 그렇게 싸움닭처럼 무섭게 구냐."

"네가 뭘 안다고 그래?"

은비는 정말 싸울 듯이 대들었다.

"아, 알았어. 난 그냥 궁금해서 물어본 건데."

태우는 겸연쩍은 얼굴로 머리를 벅벅 긁으며 교실로 들어갔다.

며칠이 지났다. 은비가 학교에 다녀오자 모처럼 일찍 들어온 엄마는 큰 뉴스라도 되는 것처럼 말했다.

"은비야, 글쎄 501호 아줌마가 그러는데, 오늘 유치원에 다녀오던 아이한테 아이스크림을 사 준다고 꼬드겨서 데리고 가던 젊은 청년이 붙잡혔단다. 우리 아파트 근처에 어슬렁거리면서 돌아다니다가 여자아이들을 으슥한 데로 끌고 가서는 나쁜 짓을 하려고 했던 청년이라나. 대학을 세 번이나 떨어지고 나서 정신이 좀 이상해진 모양이야."

"……."

은비는 갑자기 오싹 소름이 끼쳤다. 분명히 그 오빠가 틀림없었다. 하지만 엄마를 통해 그 이야기를 듣자 발칵 화가 치밀었다.

"엄마! 왜 그 이야기를 나한테 해?"

은비는 날카롭게 소리를 질렀다. 엄마 입에서 그 말이 나오기가 무섭게 갑자기 그때 일이 되살아났기 때문이다.

"어머, 우리 은비가 왜 이렇게 예민해졌을까? 자꾸 화만 풀풀 내고. 그렇게 애지중지하던 긴 머리를 느닷없이 싹둑 자르고. 너 혹시 무슨 일 있는 거 아니야? 아이들한테 왕따라도 당하는 거니? 아니면 엄마 모르는 비밀이라도 생긴 거야? 응?"

엄마는 새삼 눈을 동그랗게 뜨고 다그쳐 물었다.

"치, 비밀이 어디 있어. 괜히 그래."

은비는 문을 쾅 닫고 방으로 들어갔다.

'아, 그날 내 마음속에 나쁜 씨앗이 들어간 게 분명해. 자꾸 화가 나고 사람들을 미워하게 만드는 고약한 씨앗이.'

은비는 할 수 있다면 예전으로 돌아가고 싶었다. 하지만 자꾸만 그날 일이 떠올랐다. 공부 시간에도, 길을 걸을 때도, 밥을 먹을 때도, 텔레비전을 볼 때도…….

빈집에서

그러던 어느 날이었다. 은비가 터덜터덜 집으로 돌아오는데 옆집 복도에 난 창문으로 우두커니 어딘가를 내려다보고 있는 할머니의 모습이 보였다. 은비는 인사하기 귀찮아서 할머니 몰래 살금살금 집 쪽으로 걸어갔다. 하지만 어느 틈에 은비를 본 할머니가 야단을 쳤다.

"어허, 어른을 보면 인사를 해야지!"

"아, 안녕하세요!"

"오냐. 그건 그렇고 네 이름이 뭐냐?"

"네에? 은비, 김은비예요."

"음, 내 아까부터 널 기다리고 있었다."

"저를요?"

은비는 깜짝 놀라 물었다.

"옳지. 밖에서 이럴 게 아니라 우리 집으로 들어가자."

할머니는 대답을 들을 겨를도 없이 507호 문을 열고는 성큼성큼 안으로 들어섰다. 은비는 영문도 모른 채 쭈뼛쭈뼛 그 뒤를 따라갔다.

할머니네 집은 은비네 집과 구조가 같았다. 현관문을 들어서면 왼쪽에 방 하나, 오른쪽에 화장실, 그리고 조그만 부엌 겸 거실에다 안방과 베란다가 전부였다.

하지만 무엇 때문인지 할머니네 집은 세 식구가 복닥복닥 사는 은비네보다 살림살이가 더 많았다. 작은 방에는 커다란 보자기에 싼 짐들이 수북이 놓여 있고 안방에도 살림살이들이 어수선하게 널려 있었다.

"내 너한테 긴히 부탁할 게 있어서 이렇게 불렀다. 이 할미가 보름 동안 미국에 좀 다녀올 일이 있단다. 그런데 저 녀석들이 걱정이 돼서 말이다. 날씨도 점점 더워지는데 물을 안 주면 얼마나 목이 타겠니? 경비한테 부탁할까 했다만, 아무래도 가까운 데 사는 네가 더 낫겠지 싶더구나. 어떠냐? 할미 없는 동안 하루에 한 번씩 와서 저 녀석들한테 물 좀 주련?"

할머니는 인자한 얼굴로 물었다.

'하루에 한 번씩 이 집에?'

은비는 갑자기 가슴이 쿵 내려앉았다.

'하지만 거절하면 할머니가 가만있지 않을 텐데 어쩌지?'

은비는 짧은 순간 생각이 오락가락했다. 그러다가 그만 뭐에 홀린 듯 자기도 모르게 고개를 끄덕이고 말았다.

"네, 그럴게요."

할머니의 얼굴이 보름달처럼 환해졌다.

"그러면 그렇지. 내 너를 처음 만났을 때부터 어쩐지 미더워 보였다. 고맙다. 이제 한시름 덜었구나. 그냥 이 열쇠로 문을 열고 들어와서 물뿌리개로 물을 듬뿍 주기만 하면 된단다. 그럼 저 녀석들도 좋아라 실실 웃으며 고맙다고 할 거야. 그렇지, 애들아?"

할머니는 꽃나무들을 보며 연방 벌쭉벌쭉 웃었다.

은비는 그 모습이 영 낯설어 불쑥 물었다.

"할머니, 저 꽃들이 그렇게도 좋으세요?"

"그럼, 좋고말고. 애들을 들여다보고 있으면 내가 다시 꽃다운 처녀가 된 것 같거든. 아무 걱정도 고통도 없던 그때로 돌아간 것 같아. 그래서 좋아."

할머니는 그 어느 때보다 환하게 웃으며 말했다.

'꽃을 보면 처녀가 된 것 같다고? 정말 이상한 할머니야.'

은비는 속으로 잔뜩 구시렁거렸다. 할머니가 미국 어디를 간다는 것도 어쩐지 믿어지지 않았다. 하지만 은비는 더 물어보지 않았다. 어떻게든 빨리 그 자리를 벗어나고 싶을 뿐이었으니까.

"그, 그럼, 갈게요."

"오냐, 그럼 너만 믿는다."

할머니는 현관까지 따라 나와 강다짐을 했다.

"으악, 짜증 나!"

집에 돌아온 은비는 그제야 가방을 내던지며 소리쳤다. 할머니한테 싫다고 분명히 말하지 못한 자신이 바보처럼 여겨졌다. 하긴 은비는 늘 결단력이 꽝이었다. 친구들과 줄넘기를 할 때도 우물쭈물하다가 줄에 걸리기 일쑤였으니까.

그렇게 투덜거리던 은비는 다음 날 꼼짝없이 옆집으로 갔다. 행여 꽃나무 하나라도 말려 죽였다가는 할머니한테 혼날 일이 더 끔찍했다.

딸그락 문을 열고 들어서자 어두컴컴한 실내가 눈에 확 들어왔다. 음침한 동굴 속에 들어가기라도 하는 듯 가슴이 두근거렸다.

'빨리 물만 주고 나가야지.'

은비는 파란 플라스틱 물뿌리개에 물을 가득 받아 베란다로 갔다. 그러고는 마치 누가 뒷덜미를 잡기라도 하는 듯 후다닥 물을 뿌려 주고 집으로 돌아왔다.

그렇게 하루, 이틀, 사흘…… 일주일이 지났다.

은비는 일주일쯤 지나서야 겨우 집 안을 둘러보았다. 할머니의 집은 이런저런 물건들이 어수선하게 쌓여 있어서 고물상처럼 보였다. 색종이로 접은 종이학이 가득 든 유리병도 보였다. 영어와 일본어로 꼬불꼬불 쓴 편지들도 보이고 인형들도 올망졸망 많이 놓여 있었다. 거실 벽에 걸린 사진틀에는 외국인들과 찍은 할머니의 사진들도 있었다.

'무슨 사진이지?'

은비는 가까이 다가가 사진을 들여다보았다. 할머니가 한복을 입고 맨 앞줄에 앉아 있었다. 사진 속의 할머니는 지금보다 한결 젊어 보였다. 사진 아래에는 '일본군 위안부 할머니 일본 도쿄 방문', '일본군 위안부 황금주 할머니 미국 오하이오대학 방문 증언'과 같은 글귀가 쓰여 있기도 했다.

황금주. 할머니 이름이 분명했다. 많은 외국인 틈에서 한복을 입고 서 있는 할머니의 모습은 누구보다 당당해 보였다. 어떤 사진에는 할머니가 단상에 서서 수많은 외국인에게 이야기를 하는 모습도 보였다. 텔레비전에서 마구 욕을 하고 아이들을 혼내던 그 얼굴이 아니었다.

'무슨 이야기를 하신 걸까?'

은비는 할머니에 대해 점점 더 궁금해졌다.

집으로 돌아온 은비는 떨리는 마음으로 컴퓨터 앞에 앉아 '황금주 할머니'를 검색해 보았다. 카페, 블로그, 게시판, 뉴스, 웹 문서 등 수많은 사이트에 할머니에 대한 글이 연달아

올라와 있었다. 그중에는 태극기를 들고 있는 할머니, 울고 있는 할머니, 노란 비옷을 입고 앉아 여러 할머니와 피켓을 흔들고 있는 할머니 사진도 있었다. 사진에는 '욕쟁이 할머니', '위안부 할머니'라는 제목이 달려 있었다.

'이렇게 대단한 할머니였다니!'

은비는 떨리는 마음으로 그 기사들을 하나하나 읽어 보았다.

한참 인터넷 여기저기를 둘러보던 은비는 깜짝 놀랐다. 어느 여성 단체의 온라인 카페에 들어가 보니 황금주 할머니에 대한 이야기가 무척 자세히 나와 있었다. 할머니가 들려준 이야기를 누군가 받아 기록한 거였다.

은비는 숨을 죽인 채 토끼를 따라 이상한 나라로 들어간 앨리스처럼 할머니의 이야기 속으로 빠져들었다.

내 고향 선팽이

 골목마다 쿵덕쿵덕 떡방아 찧는 소리가 들리던 1922년 8월 한가위였습니다. 나는 충남 서천군 판교면 만덕리 선풍 58번지에서 태어났습니다. 옛날부터 선비들이 대를 이어 사는 마을이라 해서 '선팽이'라고 불리던 내 고향이지요.
 내가 여섯 살 되던 해였습니다.
 "우리 금주 착하지? 엄마 말씀 잘 듣고 동생들 잘 돌봐야 한다. 올 때 예쁜 란도셀(어깨에 메는 책가방) 사다 주마, 알았지?"
 일본 유학을 떠나는 아버지는 내 얼굴에 수염이 까슬까슬하게 난 뺨을 부비며 말했습니다.
 "정말, 란노셀 시다 줄 거지요?"

나는 란도셀을 메고 학교에 갈 생각에 저절로 얼굴이 환해졌습니다. 하지만 겨우 두 해나 지났을까, 그렇게 떠난 아버지가 덜컥 병이 들어 고향으로 돌아왔습니다.

"금주야, 잘 있었니?"

아버지는 나를 덥석 안아 주었습니다. 하지만 예전의 아버지가 아니었습니다. 나를 안은 팔에 힘이 하나도 없었습니다. 가슴이 어찌나 말랐는지 내 가슴팍이 아플 정도였습니다.

"에구, 어쩌다가 이 지경이 되었느냐?"

할머니는 수수깡처럼 바짝 마른 아버지를 붙잡고 통곡을 하였습니다. 할아버지도 눈물을 글썽이며 먼산바라기만 할 뿐이었습니다. 나는 건넌방에 들어가 이불을 뒤집어쓴 채 숨죽여 울었습니다. 그토록 손꼽아 기다리던 란도셀은커녕 과자 한 봉지 사 오지 않은 아버지에게 서운해서가 아니었습니다.

'병이 영영 안 나으시면 어쩌지.'

나는 아버지가 돌아가실까 봐 더럭 겁이 났습니다.

아버지는 집에 돌아오자마자 이부자리를 깔고 누워만 지냈습니다. 아무리 약을 먹고 주사를 맞아도 낫지 않았습니다. 아버지 약값이며 주사비 때문에 집안 살림은 나날이 기울어만 갔습니다. 어느 틈에 내 나이 아홉 살이 되었지만 나는 학교에도 갈 수가 없었습니다.

그러던 어느 날 할머니가 넌지시 말했습니다.

"느이 아비 병에 딱 좋은 약이 있는데, 그 돈이 자그마치 100원이나 한다는구나. 그 큰돈을 어디서 구할꼬!"

할머니가 넋두리를 하였습니다. 어머니의 비녀며 비단 한복이며 값나가는 물건이라고는 집 안에 하나도 남아 있지 않을 때였습니다.

그 무렵, 어머니의 친구분 하나가 딱한 처지를 알고는 어머니에게 넌지시 말했습니다.

"내가 아는 함흥 사람 하나가 사업을 하여 큰돈을 벌었다던데 그 사람한테 어떻게든 돈을 빌려 볼게."

"아주머니, 제발 저희 아버지를 살려 주세요! 아버지 약값 100원만 빌려 주시면 뭐든지 시키는 대로 다 할게요, 네?"

옆에서 그 말을 들은 나는 울면서 아주머니에게 매달렸습니다.

"그래, 너희 아버지는 세상을 일찍 떠나기 아까운 분이니 어떻게든 살려야 한다."

아주머니는 함흥 사람에게 100원이라는 큰돈을 빌려다 주었습니다. 그 돈으로 약을 지어 드렸지만 아버지는 1년 후 그만 세상을 떠나고 말았습니다.

"금주야, 여기선 도저히 먹고살 길이 없으니 부여 외갓집으로 가야겠구나. 그러나 너는 여기 남아 할머니와 함께 지내도록 하렴."

어머니는 장례를 치르고 나서 나를 불러 놓고 말했습니다.

"네, 어머니······."

나는 흐르는 눈물을 손등으로 훔쳤습니다.

어머니와 동생들이 떠난 집은 너무나도 휑하고 커 보였습니다. 할머니가 따스하게 나를 돌봐 줘도 마음은 고아처럼 슬프기만 했습니다. 하지만 몇 해가 지나 그토록 살갑게 나를 보살펴 주던 할머니마저 세상을 떠나고 말았습니다. 오갈 데가 없어진 나는 어머니가 있는 부여 외갓집으로 가야만 했습니다.

"아버지, 안녕히 계세요. 이젠 자주 오지 못할 거예요."

나는 아버지 산소에 엎드려 절을 올렸습니다.

'꼭 보란 듯이 성공해서 돌아와야지.'

나는 정들었던 집과 산과 들, 사촌들이 있는 선팽이를 떠나며 속으로 다짐하였습니다.

부여에 와서는 외갓집의 눈칫밥을 먹으며 부지런히 부엌일과 빨래를 하였습니다.

마침내 내가 열세 살이 되던 해였습니다. 어머니 친구분이 외갓집을 찾아왔습니다. 함흥 부자에게 돈 100원을 빌려다 준 바로 그 아주머니였습니다. 아주머니는 나를 보며 넌지시 말했습니다.

"금주야, 빌린 돈 100원 대신 그 사람 양딸이 되어 서울로 가는 게 어떻겠니? 그 사람 첩이 서울에 살고 있는데 아기를 낳지 못한다고 하더라. 그러니 네가 가서 그 사람 딸 노릇을 하면서 학교에도 다니고 호강하며 살면 좋을 텐데……."

"그게 정말이에요?"

나는 돈 100원을 갚을 길이 막막하던 참에 귀가 솔깃해졌습니다.

"나는 여기서 네 동생들이랑 살 테니 염려 말고 떠나거라. 가서 부디 호강하며 잘살아라."

어머니는 눈물을 주르르 흘렸습니다.

며칠 후, 나는 아주머니의 손을 잡고 서울로 떠났습니다. 서울은 부여보다 훨씬 번화하였습니다. 거리에는 사람도 많고, 말이며 소가 끄는 마차가 쉴 새 없이 지나가고, 그 사이로 자동차가 씽씽 달려갔습니다. 기모노를 입은 일본 여자들도 보이고, 게다짝을 딱딱 끌고 가는 일본 남자들도 보였습니다.

"네가 금주로구나. 어서 오너라!"

한눈에도 인자하게 생긴 아저씨 한 분이 나를 반갑게 맞아 주었습니다. 우리에게 돈을 빌려 준 함흥 부자였습니다.

"이제부터 나를 아버지로, 여기 있는 사람을 어머니로 여기며 살도록 해라."

문득 돌아가신 아버지를 다시 만난 것처럼 가슴께가 뜨거워지면서 눈물이 와락 쏟아졌습니다.
"이런, 쯧쯧. 울긴!"
 양아버지는 나를 두 팔로 보듬어 안고 다독여 주었습니다. 하지만 어쩐 일인지 첩은 샐쭉 토라져서는 나를 못마땅한 듯 바라보았습니다.
 그러던 어느 날이었습니다.
"금주야, 함흥에 다녀올 테니 엄마하고 잘 지내렴."
 양아버지는 다정하게 말하였습니다. 하지만 양아버지가 대문 밖을 나서자 첩은 이때까지 꾹 참고 있었다는 듯 나를 구박하기 시작하였습니다.
"설거지도 하고, 빨래도 뽀얗게 빨아 널고, 집 안 구석구석 먼지 하나 없이 말끔하게 청소하여라."
 첩은 마치 식모 하나를 들여놓은 듯 나를 부려 먹었습니다. 아무래도 돈 100원을 주고 나를 양딸로 데려왔다는 걸 눈치챈 모양이었습니다. 나는 아무 말도 못하고 시키는 대로 하루 종일 일만 하였습니다. 하지만 첩의 심통은 날이 갈수록 늘어 갔습니다.
"어디 건방지게 방에서 밥을 먹는 게냐? 부엌에서 따로 먹어라!"
 첩은 나를 방 안에 들어가지도 못하게 하였습니다. 심지어는 이렇게 퍼부었습니다.

"너는 개만도 못하니 부엌에서 개하고 자거라!"

나는 부엌 바닥에 가마니를 깔고 웅크리고 누웠습니다. 그러자 나도 모르게 눈물이 뺨을 타고 흘러내렸습니다.

'이럴 줄 알았으면 오지 말걸.'

아버지와 어머니, 동생들, 할머니와 살던 고향 선팽이가 그리워졌습니다. 하지만 돈 100원을 갚을 길이 없었던 나는 온갖 구박을 참아 가며 거의 2년이 다 되도록 그 집에서 살았습니다.

어느 날 첩은 또 나를 닦달하였습니다.

"아니 이걸 빨래라고 한 게냐? 그렇게 내 말을 귓등으로 흘려들을 바엔 당장 나가 버려!"

그때 함흥에 갔던 양아버지가 기척도 없이 집 안으로 들어섰습니다.

"금주야, 우리 금주 어디 있니?"

양아버지는 예정보다 일이 일찍 끝나 빨리 서울 집으로 돌아온 것이었습니다.

"왜 이리 집 안이 소란스러운 게요? 아니, 네 옷 꼴이 그게 뭐냐?"

양아버지는 눈을 둥그렇게 뜨고 물었습니다.

"아, 아무것도 아니에요. 그냥……."

내가 우물쭈물 대답을 못하자 첩이 호들갑을 떨며 둘러댔습니다.
"아휴, 내가 하지 말라는데도 쟤가 저렇게 한사코 일을 하지 뭐예요? 서방님, 그래 함흥 갔던 일은 잘 끝났어요? 어서 올라오세요. 참, 내 정신 좀 봐! 밥상을 차려 와야지!"
　첩은 허둥지둥 부엌으로 나가 밥상을 차리기 시작했습니다. 그러나 눈치가 빠른 양아버지가 그간의 일을 모를 리가 없었습니다.
"에잇, 인정머리 없는 여편네 같으니라고!"
　양아버지는 첩이 차린 밥상을 둘러엎으며 노발대발 역정을 냈습니다. 첩이 다급하게 변명을 늘어놓았지만 들은 척도 하지 않았습니다.
　며칠 후, 양아버지는 나를 데려왔던 어머니의 친구에게 부탁하여 나를 다시 함흥 본처의 집으로 데려가라고 일렀습니다.

함흥 엄마

나는 아주머니를 따라 서울역으로 나왔습니다. 서울역은 수많은 사람으로 북적였습니다. 눈이 빙글빙글 돌 정도였습니다.

"우린 경원선을 타고 한참을 가야 한다. 그런 다음 원산에서 다시 함경선으로 갈아타고 함흥까지 가야 해."

나는 갑작스레 서울을 떠나게 되어 마음이 불안했습니다.

'엄마랑 동생들 얼굴도 못 보고 가는구나.'

부여에 있는 엄마와 두 동생들 생각에 마음이 무거웠습니다. 하지만 기차는 내 마음에 아랑곳없이 북쪽을 향하여 달려갔습니다. 의정부, 철원, 안변을 지나 북으로 갈수록 나무가 빽빽하게 우거진 높은 산만 보였습니다. 한참을 달려 원산이 가까워 오자 기차 창밖으로 명태를 잔뜩 널어놓은 덕장이 보였습니다. 바다가 있는 원산은 선쨍이나 서울과는 완전히 다른 풍경이었습니다.

아주머니와 나는 원산에서 내려 다시 함경선에 몸을 실었습니다.

"이 기차를 타고 쭈욱 가면 두만강을 건너 멀리 중국이나 러시아까지 갈 수 있단다."

아주머니가 설명해 주었습니다. 독립운동을 하는 사람들이 경의선을 타고 압록강을 건너 중국으로 가거나 함경선을 타고 러시아로 간다고 했습니다. 그래서 그런지 기차 안에는 큰 칼을 찬 일본 순사들이 수시로 사람들을 검문하곤 했습니다.

"이제 다 왔다."

아주머니는 주소가 적힌 종이를 들고 물어물어 함흥 집을 찾아갔습니다.

"아이고, 어서 오너라."

"네가 금주구나! 예쁘게 생겼는걸."

"이거 여동생이 또 하나 늘었네."

함흥 집에는 이미 아들 둘과 딸이 셋이나 있었는데, 모두 처음 보는 나를 어여삐 여겼습니다. 온 가족이 따스하게 맞아 주자 나도 그 집이 마음에 들었습니다.

나는 그날부터 양어머니를 '함흥 엄마'라고 불렀습니다. 함흥 엄마는 나를 자기 아이들과 조금도 다름없이 대해 주었습니다.

오빠 언니가 없던 내게 갑자기 오빠 둘에다 언니가 셋이나 생기자 말할 수 없이 기뻤습니다. 나는 날마다 첫째 미덕 언니, 둘째 인덕 언니, 셋째 귀덕 언니와 함께 즐겁게 지냈습니다.

그러던 어느 날, 나를 함흥 집으로 데려다 준 아주머니가 함흥 엄마에게 또 돈 100원을 받아 갔다는 걸 알고는 가슴이 덜컥거렸습니다.

'아, 이제 갚아야 할 빚이 200원으로 불어났구나. 어떻게 든 이 돈을 갚아야 한다.'

나는 마음이 무거웠습니다.

함흥 엄마는 내 속마음도 모르고 마냥 친절하고 인자하게 대해 주었습니다. 유난히 음식 솜씨가 좋고 바느질이며 손재주가 뛰어난 함흥 엄마는 내게 자상하게 일러 주었습니다.

"여자는 그저 솜씨가 좋아야 하느니라."

나는 함흥 엄마 옆에서 부엌을 드나들며 요리와 바느질을 배웠습니다. 선팽이에서는 들어 본 적도 없는 가자미식혜, 도루묵찌개, 동태순대, 감자국수 등 여러 가지 맛난 함경도 요리도 배웠습니다.

그러던 어느 날이었습니다.

"금수야, 너무 늦긴 했지만 너도 이제 학교에 다녀야지."

함흥 엄마는 열일곱 살이 되도록 학교 문턱에도 가 보지 못한 나를 사립 학교에 보내 주었습니다. 큰 교회에서 배우지 못한 사람들에게 1학년부터 4학년까지 학년별로 일본어, 산수 등을 가르쳐 주는 '함흥 여자 강습소'였습니다. 조선어도 일주일에 두 시간씩 들어 있어서 일본어뿐 아니라 우리말도 배울 수 있다는 게 너무나 기뻤습니다.

'이젠 어머니한테 편지를 쓸 수 있겠구나.'

나는 가슴이 터질 듯 기뻤습니다.

함흥 엄마는 또 나를 위해 새 책가방과 옷도 사 주었습니다.

"어머니, 고맙습니다. 정말 고맙습니다!"

나는 새 책과 공책, 연필이 든 책가방을 가슴에 꼭 껴안은 채 좋아서 어쩔 줄 몰랐습니다. 선팽이에서 친구들이 학교에 갈 때마다 미루나무 뒤에 숨어서 부러운 듯 바라보곤 했던 일이 새삼 떠올랐습니다.

'돌아가신 아버지가 알면 얼마나 좋아하실까? 부여에 있는 엄마와 동생들한테도 빨리 이 모습을 보여 줘야지!'

나는 가슴이 터질 듯 벅차올랐습니다.

함흥 여자 강습소 졸업을 스물다섯 날 앞둔 때였습니다. 뒷집에 사는 일본인 반장 부인이 뜬금없이 찾아왔습니다.

"안녕하십니까?"

"어쩐 일이십니까?"

함흥 엄마는 의아한 얼굴로 물었습니다. 앞뒷집에 살지만 서로 드나들던 사이가 아닌 탓에 잔뜩 긴장한 모습이었습니다. 전쟁을 일으킨 일본이 조선 청년들을 마구잡이로 끌고 간다는 소문이 나돌던 때였기 때문입니다.

"그래, 이 집 식구들은 다 편안하지요?"

반장 부인은 생글생글 웃으며 물었습니다. 나는 그 일본 아줌마가 신고 있는 게다짝이며 꽃무늬가 그려진 기모노를 힐끔힐끔 쳐다보며 찻물을 끓여 내갔습니다.

"아주머니 아들들은 다 어디에 있습니까?"

"큰아들은 서울에서, 작은아들은 일본에서 공부하고 있답니다."

함흥 엄마는 두려운 얼굴로 말했습니다. 그러자 반장 부인은 또다시 생글생글 웃으며 물었습니다.

"호호, 이 집에는 딸이 넷이나 된다지요?"

"네, 그, 그렇습니다만……."

함흥 엄마는 여전히 불안한 얼굴로 대답했습니다.

"다 아시겠지만, 지금 집집마다 일본의 군수 공장에 가서 3년 동안 일할 처녀들을 공출하고 있습니다. 한 집에 한 사람씩은 꼭 처녀 공출로 보내야만 합니다."

"아니, 전쟁에 필요한 물자만 가져가는 게 아니라 처녀들까지 데려간단 말이오?"

함흥 엄마는 눈이 휘둥그레져 물었습니다. 일본이 전쟁에 필요한 곡식이며 놋그릇 같은 온갖 물자들을 빼앗아 간다는 걸 이미 알고 있었기 때문입니다.

"그렇습니다. 군수 공장이나 병원에서 일을 시키고 다달이 월급을 주니까 가기만 하면 3년 동안 큰돈을 모아 올 수 있답니다. 아, 물론 이 집은 부자니까 돈이 아쉬운 건 아니겠지만 말입니다. 하지만 이 일은 모두 천황 폐하를 위한 일이니 단 한 집도 그 뜻을 거스를 수 없습니다. 이 집에서도 큰딸을 처녀 공출로 내보내도록 하십시오!"

일본인 반장 부인은 상냥하던 얼굴이 온데간데없이 쌀쌀맞게 말했습니다.

"아이고, 이 일을 어쩌면 좋으냐!"

집안은 그날부터 초상집으로 변했습니다.

"어머니, 그럼 일본 유학은 어떻게 되는 거지요?"

함흥여학교를 졸업하고 이제 내일모레면 일본으로 유학을 가려던 첫째 언니는 얼굴이 하얗게 질려 어쩔 줄 몰랐습니다.

"여보, 우리 미덕이를 보내지 않으면 가만두지 않을 텐데 어쩌지요?"

함흥 엄마는 겁에 질려 물었습니다.

"이거야 원, 돈으로 어떻게 막을 수도 없고, 쯧쯧!"

양아버지도 한숨만 내쉴 뿐이었습니다. 소문을 들으니 집집마다 처녀 공출 때문에 야단이었습니다. 처녀 공출을 피하기 위해 마음에도 없는 남자와 서둘러 혼인을 하는 경우도 있었습니다. 반장 부인은 날마다 집으로 찾아와 윽박질렀습니다.

"아니, 여태 지원서를 내지 않았단 말이에요? 딸이 넷이나 있는 집에서 이렇게 비협조적으로 나온다면 우리도 다 생각이 있습니다. 이건 천황 폐하의 뜻을 거스르는 일이니 용서할 수 없소!"

나는 바늘방석에 앉은 듯 더욱더 마음이 조마조마해졌습니다.

'처녀 공출로 나가면 큰돈을 벌 수 있다잖아. 그러면 돈 200원도 갚을 수 있을 텐데.'

나는 큰돈을 벌 수 있다는 반장 부인의 말에 점점 귀가 솔깃해졌습니다.

그러던 어느 날 나는 용기를 내어 함흥 엄마에게 말했습니다.

"어머니, 큰언니 대신 제가 갈게요."

"뭐? 네가 대신 가겠다고?"

양아버지와 함흥 엄마는 펄쩍 뛸 듯이 놀랐습니다.

"아니다. 어떻게든 일본 순사를 통해 처녀 공출을 막아 볼 테니 너는 잠자코 있으렴."

양아버지는 고개를 내저었습니다. 그러고는 다음날부터 이리저리 알아보았습니다. 하지만 처녀 공출을 피할 길은 어디에도 없었습니다.

"아버지, 제가 갈게요. 큰언니는 일본으로 유학을 가야 하고 둘째, 셋째 언니도 다 공부를 해야 하는데 저는 어차피 공부가 늦었으니 딱 3년만 일하고 와서 다시 할게요."

"금주야. 네, 네가 정말 그렇게 해 주겠느냐?"

함흥 엄마는 내 두 손을 덥석 잡으며 눈물을 글썽였습니다.

"고맙다. 그래, 네가 돌아오면 꼭 재봉학교에 보내 주마. 너는 눈썰미가 있어서 바느질이든 뜨개질이든 한 번 가르쳐 주면 척척 해내는 재주가 있더구나. 나중에 그 학교를 졸업하고 나면 가사 선생으로 일할 수 있을 게다."

"그게 정말이에요?"

나는 가사 선생이라는 말에 뛸 듯이 놀랐습니다.

"그래. 부디 건강한 몸으로 돌아오기만 해라. 꼭 재봉학교에도 보내 주고, 좋은 곳으로 시집도 보내 주마."

'아, 선생님이 되어 아이들을 가르치면 얼마나 좋을까?'

나는 생각만 해도 좋았습니다.

캄캄한 기차를 타고

 스무 살이 되던 1941년 음력 2월 그믐이었습니다. 나는 반장 부인이 알려 준 날과 시간에 맞추어 함흥 기차역으로 나갔습니다. 까만 머리카락을 길게 땋아 늘이고, 검은색 유똥 치마에 하얀 자미사 저고리, 두루마기 대신 모직 코트에다 까만 구두를 신은 나는 마치 신식 여성처럼 멋져 보였습니다. 모두 함흥 엄마가 새로 장만해 준 것들이었습니다.

 함흥역에 나가 보니 함흥뿐 아니라 원산, 나진 등 여러 지역에서 모인 여자 스무 명쯤이 옹기종기 모여 있었습니다. 대개 열대여섯 살쯤으로, 나는 그중 나이가 많은 편이었습니다.

 "금주야, 잘 다녀오너라!"

 양아버지와 함흥 엄마, 미덕 언니, 인덕 언니, 귀덕 언니가 함흥역까지 따라 나와 눈물을 흘리며 배웅해 주었습니다.

"안녕히 계세요, 모두 안녕!"

나는 속옷이며 생리대, 비누, 칫솔, 빗, 소화제, 옷이 든 광목 보자기를 껴안은 채 개찰구로 들어가며 끝내 참았던 눈물을 쏟았습니다. 함흥 식구들은 내 모습이 보이지 않을 때까지 오래오래 손을 흔들어 주었습니다.

"이쪽으로 오너라!"

개찰구를 빠져나가자 쉰 살가량의 조선 남자가 우리 일행을 인솔해서는 일본 군인에게 넘겼습니다. 우린 곧바로 군용 열차를 탔습니다. 군용 열차에는 여러 칸이 있었는데 다른 칸에는 군인들이 타고 있었습니다.

마침내 우리를 태운 기차가 천천히 움직이기 시작했습니다.

'아, 이렇게 떠나는구나!'

나는 기차 창문으로 멀어져 가는 함흥을 바라보고 싶었지만 검은색 기름종이로 창문을 막아 놓아 밖이 잘 보이지 않았습니다. 기차 양쪽 끝에도 헌병이 떡하니 지키고 서 있어 나갈 수도 없었습니다.

기차는 덜컹덜컹 한참을 달려갔습니다. 기차를 타고 부산까지 가서 다시 배를 타고는 일본으로 간다고 했습니다. 하지만 창문이 막힌 기차 안은 불도 켜지 않아 도무지 어디로 가는지 알 수가 없었습니다.

'도대체 여기가 어디쯤일까?'

기차가 달려갈수록 불안은 커져만 갔습니다. 그런 데다 기차 안이 점점 추워졌습니다.

'왜 자꾸 더 추워지는 거지? 남쪽은 이제 슬슬 봄이 오고 있을 텐데.'

나는 모직 코트를 입고도 몸이 오들오들 떨렸습니다. 다른 여자들도 몸을 잔뜩 웅크린 채 의자에 기대어 잠을 자고 있었습니다.

그러던 어느 날, 기차가 덜컹 소리를 내며 멈추었습니다. 마침내 굳게 닫혀 있던 출입문이 열렸습니다.

"어, 여기가 어디지?"

캄캄한 기차 안에서 며칠이 지났는지도 모른 채 나는 일행과 함께 허둥지둥 보따리를 챙겨 들고 밖으로 나왔습니다. 그때 갑자기 한 여자가 외마디 비명을 질렀습니다.

"앗, 여, 여긴 중국이야! 중국 길림역이라고!"

"뭐어? 부산이 아니고?"

나는 망치로 머리를 얻어맞은 듯 깜짝 놀랐습니다.

"어서들 이리 나와!"

일본 군인 하나가 웅성웅성하고 있는 우리에게 호통을 쳤습니다.

역 마당으로 나가자 먼지를 뒤집어쓴 트럭 몇 대가 나란히 서 있었습니다. 자동차 바퀴에 온통 흙이 묻어 있고 찢어진 포장을 씌운 낡은 군인 트럭이었습니다.

"대체 우릴 어디로 데려가는 겁니까?"

"우린 부산에서 배를 타고 일본으로 갈 사람들입니다."

몇몇 여자가 드세게 항의를 하고 나섰습니다. 겁에 질려 있던 나도 용기를 내어 따졌습니다.

"우리를 중국으로 데려온 이유가 뭡니까? 우릴 다시 고향으로 보내 주시오!"

군인 하나가 우리 앞으로 저벅저벅 걸어와서는 눈을 부릅뜨고 말했습니다.

"지금부터 한마디만 더 지껄이면 가만두지 않겠다! 잔말 말고 모두 트럭에 올라타라!"

나는 하는 수 없이 트럭에 올랐습니다.

트럭은 덜커덩덜커덩 어디론가 마구 달려갔습니다. 회색 벽돌로 지은 집들이 듬성듬성 서 있고 길거리에는 머리를 땋아 꼬랑지를 길게 내려뜨린 꼬마 아이들이 흙장난을 하며 노는 게 보였습니다. 긴 장대 끝에 바구니를 걸고 걸어가는 아낙네들의 모습도 보였습니다. 온통 조선과는 다른 낯선 풍경들이었습니다.

'우릴 군수 공장으로 데려가는 걸까? 그렇다면 왜 처음부

터 일본으로 보내 준다고 거짓말을 했을까?'

나는 덜컹거리는 트럭에 앉아 곰곰 생각하였습니다. 그러는 사이 트럭은 우리를 어떤 곳에 내려놓았습니다. 사방을 둘러보아도 사람 사는 집은 보이지 않고 군인들의 막사만 끝없이 늘어서 있는 군부대 안이었습니다.

"자, 너희들은 저기서 잠을 잔다!"

군인들이 우리를 낡은 오두막집 안으로 몰아넣었습니다. 철사를 얼기설기 엮어 만든 둥그런 지붕에다 판자 위에 다다미를 얹은 '고야'라고 부르는 숙소였습니다. 고야 안에는 우리보다 먼저 온 여자들이 있었습니다.

"쯧쯧, 너희들도 이제 죽었구나. 불쌍해라."

여자들은 안타까운 얼굴로 말했습니다.

"불쌍하다니요? 우린 함흥에서부터 영문도 모른 채 여기까지 끌려왔는데, 도대체 무슨 일을 시키려는 거지요?"

나는 깜짝 놀라 다그쳐 물었습니다.

"그건 차차 알게 될 게다. 하지만 시키는 대로 하는 게 좋을 거야. 그렇지 않으면 고향에도 못 가고 맞아 죽을 테니."

"그, 그게 무슨 말이에요?"

우리는 모두 깜짝 놀라 소리를 질렀습니다. 하지만 그 여자들은 입을 꾹 다문 채 더는 아무 말도 하지 않았습니다.

조금 후 군인들이 우리 일행에게 담요 한 장과 얇은 누비이

불 한 장을 가져다주었습니다. 지칠 대로 지친 일행은 너 나 할 것 없이 쓰러져 잠이 들었습니다. 하지만 새벽이 되자 살을 파고드는 듯한 추위가 몰아닥쳤습니다. 조선은 이미 이른 봄이건만 그곳은 한겨울처럼 춥기만 했습니다.

나는 따뜻하고 아늑했던 함흥 집이 떠올라 저절로 눈물이 나왔습니다. 함흥 엄마의 인자한 모습과 식구들의 웃는 얼굴, 따뜻한 방이 그리워졌습니다.

'괜히 왔구나. 하지만 내가 오지 않았으면 미덕 언니가 이런 꼴을 당했겠지.'

늘 고마웠던 함흥 식구들을 생각하자 내가 이 고통을 당하는 게 차라리 낫다는 생각이 들었습니다.

어여쁜 꽃봉오리는 꺾이고

다음날 아침, 군인들이 우르르 들어오더니 우리들을 한 사람씩 어디론가 데리고 나갔습니다.

"우릴 어디로 데려가는 거예요?"

내가 큰 소리로 묻자 군인은 나를 더욱 억세게 잡아끌고는 어떤 방으로 데리고 들어갔습니다. 방에는 한 장교가 침대에 턱 걸터앉아 있었습니다.

"음, 이리 가까이 오너라."

장교는 느물느물 웃으며 나에게 손짓을 하였습니다.

그 순간 나는 뛸 듯이 놀라 외쳤습니다.

"시, 싫어요! 어서 저를 내보내 주세요. 어서, 어서요!"

나는 몸을 잔뜩 웅크린 채 겁에 질려 방구석으로 뒷걸음질을 쳤습니다.

"어서 이리 오지 못하느냐!"

장교는 대뜸 소리를 질렀습니다.

"제발, 제발, 저를 살려 주세요. 흐흑……."

나는 눈물로 애원하였습니다. 그러자 장교는 뚜벅뚜벅 내 앞으로 걸어왔습니다. 젖 먹던 힘을 다해 밀쳤지만 어느새 장교는 내 흰 저고리를 획 잡아당겼습니다.

"으악, 사람 살려! 제발!"

나는 울면서 빌었습니다.

"에잇, 독한 년!"

장교는 내 양쪽 뺨을 사정없이 후려치고 군홧발로 마구 발길질을 하였습니다. 눈앞에서 별이 번쩍거렸습니다. 나는 까무룩 정신을 잃었습니다.

그렇게 시간이 얼마나 흘렀는지 모르겠습니다. 정신을 차리고 보니 입었던 옷은 다 찢어져 있고, 나는 이제 예전의 내가 아니었습니다.

"아아……."

나는 울고 또 울었습니다. 이제는 빨간 원삼에 연지 곤지 찍고 족두리를 쓰고 누군가의 색시가 될 수 없을 거라는 사실에 슬펐습니다.

그날 함께 온 여자들은 모두 나와 같은 일을 겪었습니다.

하지만 고통은 그게 끝이 아니었습니다. 우린 다음날부터 고야를 나와 다른 곳으로 보내졌습니다. 나무판자로 지은 임시 건물 몇 개가 죽 늘어서 있었습니다. 건물 안에는 널빤지로 칸을 막은 열댓 개의 방이 있었습니다. 침대 하나와 세숫대야, 수건 한 장이 걸려 있는 아주 조그만 방이었습니다. 우리는 모두 한 사람씩 그 방으로 들어갔습니다.

"자, 모두 옷을 갈아입어야 한다."

군인 하나가 헐렁헐렁한 일본 옷을 내주었습니다. 조선에서부터 입고 온 옷을 모두 벗고 그 옷을 입자 나는 마치 일본 거지가 된 기분이 들었습니다.

옷을 갈아입자 일본 군인 하나가 군화를 신은 채 방으로 들어섰습니다.

저벅저벅.

저벅저벅.

군인들은 쉴 새 없이 들어오고 또 나갔습니다.

그렇게 하루하루가 지나갔습니다.

나는 반항을 하다가 군인들에게 하도 뺨을 맞아서 고막이 터질 지경이었습니다.

나는 밤마다 울고 또 울었습니다.

다른 방에서도 나처럼 흐느껴 우는 여자들의 울음소리가 들려왔습니다.

'어떻게든 살아남아야 한다. 그것만이 저놈들에게 복수하는 길이다.'

나는 이를 악물고 날마다 고통을 이겨 나갔습니다.

"젠장, 우리 일본 배를 침몰시키다니! 미국 놈들 가만두지 않을 테다!"

어느 날 한 일본 군인이 씩씩대며 말했습니다.

'그래, 미국처럼 큰 나라가 일본한테 질 리 없지.'

나는 함흥 큰오빠가 사과처럼 둥그런 지구본을 놓고 미국, 러시아, 중국, 영국 등 세계 여러 나라를 손으로 짚어 가며 가르쳐 준 것을 떠올렸습니다. 그즈음 군인들이 멀리 전쟁터로 가는 걸 보니 아무래도 일본이 지고 있다는 사실을 어렴풋이 느낄 수 있었습니다.

"너희들도 천황 폐하를 위해 일을 해야 한다."

군인들은 우리에게도 군복을 꿰매는 일이며 허드렛일을 시켰습니다.

옷마저 주지 않아 우리는 군인들이 입다 버린 헌 옷을 주워 입었습니다. 식사도 그저 밥 한 덩이에 소금국을 찍어 먹는 게 고작이었습니다.

그러던 어느 날이었습니다. 해가 뉘엿뉘엿 지도록 저녁밥을 먹으라는 종소리가 들리지 않았습니다. 멀건 소금국에 밥 한 덩이지만 그나마도 안 주려나 싶어 조심스레 밖을 내다보던 나는 소스라치게 놀랐습니다. 이상스레 부대 안이 쥐 죽은 듯 조용했습니다.

'무슨 일이지?'

아픈 다리를 질질 끌고 위안소를 나와 막사 쪽으로 가 보았습니다. 늘 시끄럽게 왔다 갔다 하던 군인들도, 죽 늘어서 있던 트럭이며 지프차, 말도 보이지 않았습니다. 그러고 보니 군인들이 아침부터 잔뜩 허둥대던 모습이 떠올랐습니다.

'무슨 일이 난 게 틀림없다.'

나는 살살 기다시피 걸어 식당으로 갔습니다. 식당은 살림살이들이 여기저기 널브러져 있고 사람은 코빼기도 보이지 않았습니다.

그때 갑자기 어디선가 군인 한 명이 나타났습니다.

"이봐, 조센징, 여기서 뭘 꾸물거리고 있는 거냐? 히로시마와 나가사키에 원자 폭탄이 떨어져 천황 폐하가 항복을 했으니 당장 여길 떠나라!"

그 군인은 먼 데 떨어진 곳에 연락병으로 갔다가 돌아와 보니 이미 부대원들이 다 떠나고 빨리 이곳을 떠나라는 쪽지만 남아 있었다고 했습니다.

"아아, 일본이 망했구나! 드디어 망했어!"

갑자기 두 눈에서 뜨거운 눈물이 주르르 흘렀습니다. 함흥역에서 끌려와 갖은 고생을 다 하며 지낸 4년이 주마등처럼 한 장면 한 장면 지나갔습니다. 하지만 마냥 울고 있을 때가 아니었습니다.

"그래, 어서 내 나라 내 땅으로 돌아가자. 헌신짝처럼 나를 버리고 간 일본 놈들 보란 듯이 내 나라로 돌아가자."

나는 허둥지둥 군인들이 버리고 간 운동복을 몇 개씩 주워서 겹쳐 입었습니다. 식당 마루 밑에서 게다를 한 짝씩 짝짝이로 주워 신고 머리를 수건으로 동여매고는 무조건 막사를 뛰쳐나왔습니다.

"어서 갑시다. 어서 고향으로 갑시다. 일본 놈들이 쫓겨 갔습니다. 어서 나오세요!"

나는 위안소를 돌아다니며 소리소리 질렀습니다.

여기저기에서 여자들이 간신히 몸을 추스르며 달려 나왔습니다.

나도 무작정 달렸습니다. 걸음조차 걷기 힘들었던 내게 어디서 그런 힘이 솟아났는지 모르겠습니다. 군인들이 날마다 훈련을 하던 연병장은 생각보다 넓었습니다. 문을 세 번이나 지나고 마지막으로 철조망으로 된 문을 하나 더 지나서야 마침내 밖으로 빠져나올 수 있었습니다.

엄마가 되다

 군대를 나오자 사방은 온통 드넓은 옥수수밭, 수수밭뿐 사람이라고는 그림자 하나 보이지 않았습니다. 나는 무작정 큰길로 걸어갔습니다. 30리쯤 걸으니 사람들이 드문드문 보이기 시작했습니다. 모두 징용이나 노무자로 끌려온 사람들과 그 가족이었습니다. 나는 그들 틈에 끼어 무조건 남쪽으로 내려왔습니다. 얼마 지나지 않아 사람들로 길이 가득 메워질 정도가 되었습니다.
 하지만 나는 사람을 만나는 게 무섭고 두려웠습니다. 그래서 혼자 구걸하기도 하고, 남의 처마 밑이나 들판에서 가마니때기를 덮고 잠을 자고, 헌 옷을 주워 입으며 기찻길을 따라 남쪽으로 내려왔습니다.

'함흥에서 기차를 타고 길림으로 갔으니 이 기찻길을 되짚어 가면 되겠지.'

나는 터덜터덜 걸음을 옮겼습니다. 사람들 중에는 기찻길이 아닌 산을 따라 내려가는 사람들도 있었습니다. 하지만 나는 깊은 산속에서 중국인 마적단을 만날까 봐 더 겁이 났습니다. 마적들이 지나가는 여자들을 이불보로 둘둘 말아서 데려간다는 이야기를 들었기 때문입니다.

기찻길을 따라 걸은 지 한 달쯤 지나자 나는 간신히 두만강 국경을 넘었습니다.

'이제 조금만 더 가면 함흥이겠구나.'

회령, 청진, 성진, 단천을 지나 조금만 더 가면 함흥이라고 생각하니 갑자기 가슴이 두근거렸습니다. 하지만 나는 이내 고개를 저었습니다.

'이런 부끄러운 몸으로 함흥 집에 갈 수 없다. 그렇다고 고향에도, 어머니가 사는 외갓집에도 갈 수가 없구나. 이제부턴 아무도 모르는 곳에서 나 혼자 살아야 한다.'

나는 함흥 엄마와 식구들이 보고 싶었지만 함흥을 그대로 지나쳐 버렸습니다. 3년이 지나고 돌아오면 재봉학교에 보내 주겠다는 함흥 엄마의 말이 귓전을 맴돌았지만 나는 이제 아이들을 가르치는 선생님이 될 자격이 없었습니다.

'이런 몸으로 선생님은 무슨……'

나는 고개를 세차게 흔들었습니다.

눈앞에 고향 선팽이며 어머니와 동생들이 있는 부여 외갓집도 떠올랐지만 나는 아무에게도 내 부끄러운 모습을 보여 주고 싶지 않았습니다.

'그래, 서울로 가자. 아무도 모르는 곳에 가서 숨어 사는 거야.'

나는 입술을 깨물며 다짐하였습니다.

길에서 사람들이 버리고 간 옷을 몇 번이나 주워서 갈아입고 신발도 주워 신으며 무작정 신작로를 따라 걸었습니다. 그러다가 춘천 근처에서 석탄차를 얻어 타고는 청량리역에 내렸습니다. 8월에 떠났건만 서울에 와 보니 어느새 12월 한겨울이었습니다.

거지꼴을 한 나는 청량리에 도착하여 거리를 기웃거렸습니다. 해방이 되어 일본 사람들이 다 쫓겨 간 서울은 다른 때보다 활기차 보였습니다.

나는 길바닥에 주저앉아 하염없이 그들을 바라보았습니다. 내 나라로 돌아왔지만 당장 어디로 가야 할지 앞길이 막막했습니다.

그때였습니다. 어디선가 기름지고 구수한 국밥 냄새가 풍겨 왔습니다. 함흥을 떠난 후에 한 번도 먹어 보지 못한 소고기 국밥 냄새였습니다 음식 냄새를 맡자 배에서 꼬르륵꼬르륵 요란한 소리가 나고 저절로 입안 가득 군침이 돌았습니다. 천천히 일어나 냄새가 풍겨 오는 가게 앞으로 갔습니다. 유리창 안을 들여다보자 커다란 가마솥에서 김이 모락모락 나는 뜨거운 국이 설설 끓고 있는 게 보였습니다. 한참 넋을 놓고 바라보는데 마음씨 좋아 보이는 주인아주머니가 나와서 물었습니다.

"너, 배고프니?"

"……."

나는 대답 대신 눈물을 글썽이며 고개를 끄덕였습니다.

"이리 들어오렴."

아주머니는 내가 딱하게 보였는지 나를 뒷방으로 데려가서는 뜨거운 국밥 한 그릇을 말아다 주었습니다. 나는 밥이 입으로 들어가는지 코로 들어가는지도 모른 채 허겁지겁 정신없이 먹었습니다.

"그래, 어디 먼 데서 오는 길이니?"

"예, 저기 주, 중국에서요……."

나는 부끄러워서 다 기어들어 가는 목소리로 대답했습니다.

"먼 데서 왔구나. 그럼, 이제 어디로 가려고? 잘 데는 있는 게야?"

"아니요. 가족도 친척도 찾을 길이 없어서 여기서 일자리를 구해야 해요."

"그럼, 우리 집에서 일하지 않겠니?"

거지꼴을 하고 있는 내가 어디가 어여쁘다고, 아주머니는 선뜻 일자리를 내주었습니다.

"그게 정말입니까? 고맙습니다. 정말 고맙습니다!"

나는 뛸 듯이 기뻤습니다. 주인아주머니는 나를 당장 목욕을 시키고는 속옷이며 갈아입을 옷을 꺼내 주었습니다. 이가 버글버글하는 머리카락을 싹둑 자르고는 약까지 뿌려 주었습니다.

그 후 나는 국밥집에서 일을 하였습니다. 하지만 밤만 되면 악몽에 시달렸습니다. 나는 아픔을 잊기 위해 더욱 일에만 매달렸습니다.

국밥집에서 일한 지 어느새 몇 년이 훌쩍 지났습니다. 어느 날 갑자기 대포 소리가 들리더니 전쟁이 터졌다고 야단이 났습니다.

"어서 피난을 가야 한다!"

주인아주머니는 서둘러 가게 문을 닫고 고향으로 피난을 떠났습니다. 나는 더는 아주머니의 짐이 되기 싫어 혼자 대구로 피난을 갔습니다.

마침내 전쟁이 끝나고 다시 서울로 돌아왔지만 서울은 완전히 잿더미가 되어 있었고, 세상은 온통 고아 천지였습니다.

그때였습니다.

"엄마, 엄마아!"

무너진 집 앞에서 대여섯 살 된 여자아이가 엄마를 찾으며 우는 게 보였습니다. 아이는 내가 가까이 다가가자 내 가슴에 와락 안겨 "엄마, 엄마." 하고 불렀습니다.

'나를 엄마라고 불러 주다니!'

그 순간 가슴이 뭉클해졌습니다. 아이는 마치 하늘이 내려 준 선물처럼 느껴졌습니다.

"그래, 아가, 오늘부터 내가 네 엄마가 되어 주마."

나는 아이를 꼭 끌어안았습니다. 하지만 전쟁으로 폐허가 된 도시에서는 나와 아이가 살 방 한 칸을 마련하는 것조차 하늘의 별 따기였습니다. 나는 아이를 데리고 중랑천 다리 밑으로 갔습니다. 그곳에는 집 없는 사람들이 하나둘씩 모여 움막을 짓고 살고 있었습니다. 나도 그 옆에 거적때기를 얼기설기 엮어 움막 하나를 지었습니다.

그 후 난리 통에 부모를 잃고 혼자 구걸하며 살아가는 사내아이 둘과 여자아이 하나를 움막으로 데려왔습니다. 이제 우리 식구는 모두 다섯이나 되었습니다.

나는 아이들을 먹여 살리기 위해 허드렛일이며 구걸도 마다하지 않았습니다.

첫째 미순이, 둘째 경철이, 셋째 만수, 넷째 은혜. 고만고

만한 아이들은 내가 일을 나갔다가 돌아오면 마치 제비 새끼처럼 "엄마, 엄마!" 하며 달려 나왔습니다.

깡통을 들고 구걸해 온 밥을 푹푹 끓여서 한 자리에 앉아 떠먹으면서도 우리는 마냥 즐거웠습니다.

그러던 어느 날, 경찰 서장이 중랑천으로 순시를 나왔다가 나를 보고 물었습니다.

"젊은 여자 혼자 아이들을 힘들게 키우느니 고아원으로 보내는 게 어떻겠소?"

나는 화들짝 놀라 말했습니다.

"안 됩니다. 이 아이들은 모두 내 자식들입니다. 비록 오다가다 만났지만 우린 이미 한 식구입니다. 어떻게 하든 제가 공부도 시키고 남부럽지 않게 키울 테니 제발 고아원으로 보내지 말아 주세요, 네?"

나는 간절히 애원하였습니다. 서장은 딱한 표정을 짓더니 그대로 경찰서로 돌아갔습니다. 그 후 이틀이 지나 경찰 두 명이 움막 앞으로 와서는 느닷없이 말했습니다.

"어서 짐을 싸시오."

"네에? 그게 무슨 말입니까?"

나는 놀라 물었습니다.

"아줌마가 아이들을 생각하는 마음이 하도 갸륵해서 우리 서장이 몸소 청량리와 동대문을 돌아다니며 성금을 걷었다오. 그러곤 조그만 집을 하나 얻어 아줌마와 아이들을 그리로 데려오라 하셨소."

"뭐라고요? 그, 그게 정말입니까?"

나와 아이들은 펄쩍펄쩍 뛰며 좋아하였습니다.

경찰을 따라가 보니 조그맣고 아담한 초가집 한 채가 있었습니다. 아이들은 집 안을 이리저리 뛰어다니며 좋아서 어쩔 줄을 몰랐습니다. 이웃 사람들이 또 쌀이며 된장, 이불 같은 살림살이까지 갖다 주자 우리는 남부러울 게 없었습니다.

"이건 집을 얻고 남은 돈이오. 무엇을 하든지 아이들과 살 궁리를 해 보기 바라오."

경찰은 내게 얼마간의 돈을 쥐어 주었습니다.

"고맙습니다. 고맙습니다!"

나는 그 돈을 가지고 초가집이 옹기종기 모여 있던 청량리 뒷시장에 조그만 가게를 하나 얻었습니다. 국밥집에서 일해 본 경험이 있어 그 일이 가장 만만했습니다. 커다란 가마솥에다 뼈다귀를 푹푹 고아서 시래기와 선지, 소 내장을 듬뿍 넣고 국밥을 끓여 냈습니다.

"많이 드세요. 모자라면 더 드릴게요."

배를 곯아 본 적이 있는 나는 누구든지 가게에 오기만 하면 뚝배기에 국밥이 넘칠 정도로 퍼 주었습니다. 그러자 시장에서 짐을 나르는 가난한 지게꾼이나 장사치들이 하나둘 오기 시작하더니, 입소문을 타고 사람들이 모여들어 줄을 서야 먹을 수 있을 정도로 손님이 많아졌습니다.

"잘 먹었습니다!"

허기에 지친 사람들은 국밥 한 그릇에 막걸리 한 잔을 먹고는 배가 불룩해져 돌아갔습니다. 그렇게 하루 종일 나는 손발이 부르트도록 열심히 국밥을 팔았습니다.

'아이들을 남부럽지 않게 키우려면 무엇보다 근검절약해야 한다. 나는 평생 사치하지 않고 술 담배를 입에 대지 않을 테다. 그 대신 하루에 담배 한 갑, 술 한 병 값을 따로 모으자.'

나는 가게 일이 끝나면 번 돈 중에서 하루도 빼놓지 않고 그 돈을 따로 떼어 항아리 속에 넣었습니다.

국밥집이 잘되자 다행히 사는 게 넉넉해졌습니다. 비실비실하던 아이들도 따뜻한 집에서 잘 먹고 잘 자자 어느덧 얼굴이 뽀얗게 되었습니다.

'이렇게 잘난 아이들이 넷이나 되다니!'

늦은 밤 집으로 돌아온 나는 아이들만 봐도 저절로 배가 불렀습니다.

어느 날 밤, 마침내 나는 두 팔이 빠질 정도로 공책이며 연필, 책가방 같은 학용품을 잔뜩 사 들고 집으로 달려갔습니다.

"엄마, 우리도 이제 학교 다녀요?"

네 아이들은 학용품을 보며 눈을 동그랗게 뜨고 물었습니다.
"그래, 내일부터 너희들도 학교에 간다."
"야아, 신 난다, 신 나!"
아이들은 한꺼번에 내 품에 달려들며 함성을 질렀습니다.
그 후 열심히 국밥을 팔고 집으로 돌아와 아이들이 낭랑한 소리로 글을 읽는 모습을 보면 마냥 기뻤습니다.

다시 위안부 할머니가 되어

어느덧 한 해 두 해 세월이 흘러갔습니다. 그러는 동안에 아이들도 자라 하나둘 결혼을 하여 내 곁을 떠났습니다. 그사이 나는 청량리를 떠나 관악구 신림동 남부 경찰서 밑에다 일곱 평짜리 조그만 식당을 냈습니다. 간판도 없이 그저 김치찌개며 된장찌개에다 함흥 엄마에게 배운 가자미식해와 만두도 팔았습니다.

"할머니, 음식 솜씨가 정말 끝내줍니다!"

"제 어머니가 해 주신 것처럼 입에 딱딱 맞아요."

사람들은 어느새 밥 한 그릇을 뚝딱 비웠습니다.

아이들이 다 떠난 그 무렵 내게는 또 다른 취미가 생겼습니다. 나는 식당 앞 손바닥만 한 꽃밭에다 철따라 온갖 꽃을 다

심었습니다. 분꽃이며 봉숭아, 채송화, 과꽃, 한련 등 없는 꽃이 없었습니다. 꽃을 키우다 보면 마치 꽃다운 처녀 시절로 돌아간 듯 행복해졌습니다. 때로는 내 품을 떠난 아이들처럼 여겨지기도 했지요.

"아휴, 간밤에 추워서 혼났지? 엄마가 잘 덮어 줄게."

나는 겨울이면 꽃나무가 얼어 죽지 않도록 비닐을 단단히 씌워 주었습니다. 여름이면 시원한 물을 듬뿍듬뿍 뿌려 주었고요.

그러던 어느 해 광복절을 하루 앞둔 8월 14일 저녁이었습니다. 혼자서 텔레비전을 보다가 그만 깜짝 놀라고 말았습니다.

"나는 일본군 위안부였습니다."

김학순이라는 내 또래 할머니가 텔레비전에 나와 이렇게 말하는 것이었습니다.

"아니, 저렇게 텔레비전에까지 나와서 말을 하다니!"

김학순의 용기에 몸이 저절로 부르르 떨려 왔습니다.

그날 밤을 나는 뜬눈으로 지새웠습니다. 다음날 아침 방송국에 전화를 걸어 김학순이 사는 곳을 알아내 찾아갔습니다.

"내 이름은 황금주입니다. 나도 일본군에게 끌려가 그놈들의 노리개 취급을 당했던 사람이지요."

우리는 서로 부둥켜안고 울었습니다. 아무에게도 위로받지 못하고 누구에게도 말할 수 없었던 돌덩이 같은 비밀을 털어놓자 그동안의 서러움이 한꺼번에 밀려와 눈물을 그칠 수가 없었습니다.

김학순은 일본군에게 끌려가 모든 것을 잃은 사람들이 시퍼렇게 살아 있는데 일본이 그런 일을 한 적이 없다고 하자 분해서 세상 사람들 앞에 나서게 되었다고 말했습니다.

"정말 잘했소. 잘했고말고."

나는 김학순의 용기에 큰 박수를 보냈습니다.

그 후 놀라운 일이 벌어졌습니다. 나처럼 숨어서 쉬쉬하며 살던 할머니들이 하나둘 세상 밖으로 나오기 시작한 것입니다. 그 후 우리는 '위안부 할머니'라는 이름을 얻었습니다. 그리고 우리를 도와주는 사람들과 단체가 생겼습니다.

하나둘 떠나는 할머니들

은비는 할머니에 관한 기사를 읽는 내내 가슴이 아려 왔다.

'일본군 위안부.'

이제야 모든 걸 자세히 알게 되었다. 일본 군인들에게 그런 끔찍한 일을 겪은 할머니가 너무나 안쓰러웠다. 꽃을 보면 꽃다운 처녀 시절로 되돌아간 듯하다던 할머니 말이 새삼 가슴에 와 닿았다.

'할머닌 그래서 꽃을 좋아하시는 거야.'

더욱이 할머니는 자신이 겪은 일을 아무에게도 말하지 못한 채 살아왔다. 은비는 문득 그날 밤 일이 떠올랐다.

'할머니도 그동안 나처럼 부끄러워서 말을 못했던 거야.'

은비는 할머니의 마음을 알 듯했다. 마치 할머니와 똑같은 비밀을 가지고 있는 듯한 기분이었다. 그러자 이상하게도 고약하고 무섭게 생긴 귀신 할머니가 좋아졌다.

할머니에 대해 모든 걸 알고 나자 은비는 이제 옆집에 가는 일이 그렇게 싫지 않았다. 오히려 책상이나 식탁 밑에 들어가서 놀 때처럼 은비만의 비밀 아지트가 생긴 것 같았다. 게다가 할머니의 말대로 물을 뿌려 주면 꽃들이 잎사귀를 팔랑이며 실실 웃는 것처럼 보였다. 하얀 꽃은 하얀 꽃대로 분홍 꽃은 분홍 꽃대로 모든 꽃들이 다 사랑스럽고 귀여웠다. 은비는 어느 때보다 정성껏 물을 뿌려 주며 자기도 모르게 꽃처럼 실실 웃었다.

어느덧 할머니와 약속한 보름이 지났다.

'오늘이 마지막 날이구나.'

은비는 어쩐지 서운한 마음으로 507호의 현관문을 딸깍 열었다. 그러고는 다른 날처럼 베란다 쪽으로 가려고 했다. 그때였다.

"으악!"

은비는 자기도 모르게 소리를 꽥 질렀다. 아무도 없는 줄 알았는데 할머니가 어느 틈에 돌아와 안방에 누워 있었다.

"아이고, 깜짝이야. 이 할미 간 떨어지겠다."

할머니가 비스듬히 일어나 앉으며 빙그레 웃었다.

"할머니, 언제 오셨어요?"

은비는 다른 때보다 한결 다정한 목소리로 물었다. 할머니의 이야기를 다 알고 나자 이제는 예전처럼 무서운 귀신 할머니가 아니라 인자한 친할머니처럼 보일 정도였다.

"응, 조금 전에 왔다. 저 녀석들이 날 보며 반갑다고 방긋방긋 웃는 걸 보니 네가 그동안 약속을 잘 지킨 모양이구나. 고맙다."

할머니도 여느 때보다 부드럽게 말했다. 그런데 할머니는 어딘가 몸이 불편한 듯 기운이 없어 보였다.

"할머니, 어디 아프세요?"

"비행기를 오래 타서 멀미가 났지 뭐냐. 좀 지나면 괜찮아질 게야. 참, 내 정신 좀 봐라. 너 주려고 선물 하나 사 왔다."

할머니는 미처 풀지 않은 가방 속에서 부스럭부스럭 무언가를 꺼냈다. 나무를 깎아 만든 조그만 코뿔소 조각이었다.

"인디언들이 만든 거라더라. 지금은 비록 백인들한테 땅을 다 빼앗기고 관광객들에게 이런 걸 만들어 팔지만, 이걸 만들며 옛날 자기네 땅을 누비던 조상들의 힘을 느낀다나. 코뿔소 속에 영혼이 있어서 언젠가는 땅을 되찾게 해 준다고 믿는 게지."

"할머니, 고맙습니다."

은비는 나무 코뿔소를 두 손으로 공손히 받았다. 그다지 마음에 들지는 않았지만 할머니의 말을 듣고 보니 어떤 강한 기운이 느껴지는 것 같았다.

"참, 할머니. 이 열쇠 돌려 드릴게요."

은비는 주머니에서 열쇠를 꺼내 내밀었다.

"그냥 갖고 있으렴. 내가 또 부탁할 일이 있을지도 모르니 말이다."

"아, 알았어요."

은비도 싫지 않은 듯 주머니에 열쇠를 집어넣었다.

그 후 어느 날 은비는 학교에서 돌아오는 길에 우연히 꽃밭 의자에 앉아 있는 할머니를 보았다.

"할머니!"

은비는 반가운 마음에 할머니 곁으로 달려갔다. 하지만 할머니는 은비를 보고도 웃기는커녕 멍하니 꽃만 바라보고 있었다. 얼굴도 그사이에 더 훌쭉해진 듯 보였다.

"할머니, 괜찮으세요?"

은비가 조심스레 물었다.

"아니다. 그냥 슬퍼서 그래. 오래오래 같이 살며 억울한 일 다 잊고 좋은 세상 살자던 친구 하나가 떠났거든. 이렇게 하나둘 떠나가면 우린 결국 모래알이 다 빠져나간 빈 모래시계가 되고 말 거야. 그렇게 되면 모두 다 잊히고 말 텐데. 아무도 우리가 무슨 일을 겪었는지 모를 텐데."

할머니는 중얼중얼 혼잣말을 했다. 마치 은비가 옆에 없는 것처럼. 그러고 보니 할머니가 하얀 치마저고리를 입고 있었다.

'오늘 또 위안부 할머니 한 분이 돌아가셨나 보다.'

은비는 말없이 할머니의 어깨를 안아 드렸다. 할머니의 앙상한 어깨뼈가 가슴에 닿자 더욱 마음이 아팠다.

"할머니, 어서 저랑 같이 집에 들어가요. 네?"

은비는 할머니를 부축해 천천히 집으로 들어갔다.

"나 좀 누워야겠다."

할머니는 마른 짚단처럼 이부자리 위에 풀썩 쓰러져 누웠다.

"할머니, 제가 다리 주물러 드릴게요."

은비는 가냘픈 할머니의 다리를 천천히 주무르기 시작했다.

"고맙다, 고마워……."

할머니는 스르륵 잠에 빠졌다.

은비는 할머니가 잠든 후에도 한참 동안 가느다란 다리를 주물렀다.

그때였다. 갑자기 할머니가 마른 입술을 달싹이며 손을 내저었다.

"순옥이, 잘 가게나. 잘 가……. 저세상에선 우리 다시……

꽃다운 처녀로 태어나 족두리 쓰고 시집가서 아들딸 낳고 잘…… 살아 보세."

할머니는 먼저 떠난 친구에게 작별 인사를 하는 듯 낮게 중얼거렸다. 할머니의 눈가가 촉촉하게 젖어 있었다. 은비의 눈에도 이슬이 맺혔다.

그날 이후 은비는 자기도 모르게 507호를 기웃거리는 버릇이 생겼다. 하지만 요즘따라 이상하게 아무 기척도 들리지 않았다. 아침마다 베란다에 나와 꽃과 이야기를 하던 소리도 들려오지 않았다.

'혹시 더 편찮아지신 건 아닐까?'

은비는 자꾸만 자리에 눕던 할머니 모습이 눈앞에 아른거렸다.

'아무래도 안 되겠다.'

은비는 할머니 집으로 후다닥 달려가 초인종을 눌렀다. 안에서는 아무런 대답이 없었다.

'어딜 가셨나? 혹시?'

은비는 부리나케 책상 서랍에 넣어 둔 할머니네 집 열쇠를 가져다가 조심조심 현관문을 열었다. 집 안이 어둑어둑해서 마치 빈집처럼 보였다. 집 안을 둘러보던 은비는 깜짝 놀랐다. 혹시나 했는데 할머니가 안방에 누워 있었다. 할머니는 가느다란 신음 소리를 내고 있었다.

"할머니!"

은비는 와락 달려가 할머니를 흔들었다.

"……응, 누, 누구여?"

"저요, 은비, 은비예요! 많이 아프세요?"

"……괘, 괜찮아. 며칠 지나면 다…… 나을 거야."

할머니는 간신히 말을 이었다.

은비는 얼른 할머니의 이마를 만져 보았다. 이마는 불덩이처럼 뜨끈뜨끈했다.

은비는 형광등을 켜고는 얼른 물을 떠다가 할머니 입에 떠 넣었다. 그런 다음 찬 물수건을 만들어 이마에 얹었다. 할머니는 기운이 없는지 금세 스르륵 잠 속으로 빠져들었다.

'아무래도 안 되겠다.'

은비는 다급하게 아빠에게 전화를 걸었다.

"아빠, 옆집 할머니가 많이 아프셔. 아무래도 병원에 모시고 가야 할 것 같아. 아빠가 좀 오면 안 돼?"

"그래? 잠깐 기다리렴. 지금 여의도로 손님 모시고 가는 중이니까 금방 달려갈게."

아빠가 선뜻 대답했다.

은비는 초조한 마음으로 아빠가 올 때까지 할머니 곁에 앉아 있었다. 이불 밖으로 드러난 할머니의 팔다리는 앙상한 수수깡처럼 말라 있었다.

'친구분들이 하나둘 돌아가시니까 이젠 기력이 다 빠지신 거야.'

은비는 할머니의 아픔이 온몸으로 느껴졌다.

그때였다.

"……안 돼! 사, 살려 줘! 제발……. 나, 집에 갈래……. 으흐흑."

할머니가 몸을 공처럼 웅크린 채 손을 싹싹 비비며 소리쳤다. 일본군에게 당한 일을 떠올리며 악몽을 꾸는 게 분명했다.

은비는 갑자기 얼마 전에 나쁜 오빠에게 당한 일이 떠올라 더욱 마음이 아파 왔다.

"할머니! 할머니! 정신 차리세요, 어서요!"

은비는 할머니를 흔들며 외쳤다. 하지만 할머니는 마치 정신이 딴 곳에 가 있는 듯 천장을 보며 중얼거렸다.

"선팽이……, 선팽이. 어머니……. 아버지……."

"선팽이가 뭐지?"

은비는 고개를 갸웃거렸다. 그러다가 인터넷에서 본 할머니 이야기가 떠올랐다. 선팽이는 바로 할머니의 고향이었다.

"할머닌 고향에 가 보고 싶으신 거야. 그래서 저렇게 잠꼬대까지 하시는 거야. 아빠가 빨리 오셔야 할 텐데. 차라리 119 구급차를 부를 걸 그랬나."

은비는 집 안을 왔다 갔다 하며 안절부절못했다. 그때 아빠가 달려오는 소리가 들렸다.

"할머니! 자, 저한테 업히세요."

 아빠는 지푸라기처럼 가벼운 할머니를 등에 업었다. 그러고는 부리나케 엘리베이터를 타고 내려가 택시 뒷자리에 할머니를 뉘었다. 은비도 얼른 옆자리에 올라탔다.

 아파트 근처 '열린 병원'으로 가자 의사 선생님이 깜짝 놀라며 말했다.

"아, 황금주 할머니시군요. 우리 병원 단골이십니다. 어디, 할머니, 할머니! 정신 좀 드세요? 이런, 열이 높은 걸 보니 단단히 병이 나신 모양이군요. 우선 해열제 좀 맞혀 드리고 링거를 놔 드리겠습니다. 그런데 할머니하고는 어떻게 되시나요?"

"아, 예. 저희 바로 옆집에 사십니다."

"허허, 그래서 이웃사촌이 제일이지요. 그나저나 워낙 정정하시던 분인데 요즈음 부쩍 기력이 없어지셔서 걱정입니다. 예전에는 아무리 높은 분이라도 쩌렁쩌렁한 목소리로 호통을 치실 만큼 여장부셨는데 말입니다. 허허!"

 의사 선생님은 큰 소리로 웃었다.

"무슨 쓸데없는 소릴……."

 그제야 정신이 든 할머니가 조그맣게 말했다.

"아이고, 할머니 깨어나셨군요. 그러면 그렇지! 자, 링거 다 맞으실 때까지 가만히 침대에 누워 계십쇼. 오, 그래, 네가 할머니 곁에서 말벗이라도 좀 해 드리렴."

의사 선생님은 은비를 보며 눈을 찡긋했다. 은비도 배시시 웃었다.

아빠가 다시 일하러 나가고 은비는 할머니 침대맡에 앉았다.

"미안하다. 이래저래 널 성가시게 하는구나."

할머니는 눈물이 어린 눈으로 은비를 바라보았다. 은비는 대답 대신 할머니의 손을 꼭 잡았다.

선팽이 가는 길

 할머니는 며칠 동안 병원에 드나들며 링거를 맞자 조금씩 기운을 차렸다.
 "에구, 내가 시어머니 한 분을 더 모시게 생겼구나. 자, 전복죽이다. 갖다 드리렴."
 엄마는 투덜대며 맛있게 끓인 전복죽을 내밀었다.
 "하하, 당신, 어머니랑 떨어져 살아서 시집살이 한번 안 했는데 이제부터 옆집 어른을 시어머니라고 여기고 잘해 드려요."
 아빠는 옆에서 너스레를 떨었다.
 "아휴, 당신 지금 불난 집에 부채질해요?"
 엄마는 아빠에게 쏘아붙였다. 하지만 은비는 엄마가 정말

싫은 게 아니라는 걸 알 수 있었다. 눈웃음을 치며 말하는 걸 보면 말이다.

"이거 고마워서 어쩌나."

할머니는 죽 그릇을 받으며 어쩔 줄을 몰랐다.

한 숟가락 한 숟가락 죽을 먹는 할머니를 보며 은비는 조심스레 물었다.

"할머니, 그렇게도 선팽이에 가고 싶어요?"

"네가 거, 거길 어떻게 아누?"

"치, 할머니가 '선팽이 가고 싶다, 내 고향 선팽이!' 이러면서 막 헛소리를 하시던걸요?"

"그랬어? 내가 별소리를 다 했구면."

은비가 시치미를 뚝 떼고 말을 꺼내자 할머니는 무안해했다. 그러다가 천천히 말을 이었다.

"그래, 가고 싶지. 요즈음 부쩍 더 가고 싶어. 선팽이를 떠난 지 수십 년이 지났지. 죽기 전에 한번 가 보고 싶어."

"할머니, 그렇게 가고 싶으시면 당장 내일이라도 가면 되잖아요?"

은비는 할머니가 왜 고향에 가지 못하는지 다 알면서도 새삼 화가 났다.

"그래, 하루에 열두 번도 더 가고 싶지. 허나 갈 수가 있어야지⋯⋯. 부끄러워서 어떻게 가누⋯⋯."

할머니의 눈가가 점점 빨개졌다.

'바보 할머니. 부끄럽긴 뭐가 부끄럽다고. 할머니가 일부러 그런 것도 아닌데.'

은비는 할머니를 이렇게 만든 사람들이 미웠다. 은비가 밤마다 보이지 않는 그 검은 그림자와 싸울 때처럼 미웠다.

그때였다. 할머니는 방 안에 있는 서랍장 맨 밑에서 무언가를 꺼냈다. 커다란 글씨로 삐뚤빼뚤하게 주소를 써 놓은 누렇게 바랜 종이였다.

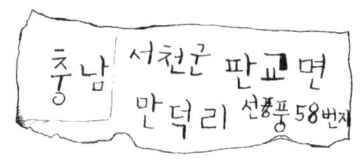

"여기가 선팽이란다. 어머니 아버지와 살던 내 고향이지……."

할머니는 빛바랜 종이를 뚫어지게 바라보았다. 마치 그 종이 속에 고향 마을이 보이기라도 하는 것처럼.

그날 밤 은비는 아빠를 보며 넌지시 물었다.

"아빠, 이번 쉬는 날 할머니 모시고 어디 좀 가면 안 돼?"

"거기가 어딘데?"

"응, 할머니 고향. 선팽이라는 마을인데, 아무래도 할머니가 거길 가고 싶으신가 봐. 지난번에도 막 헛소리를 하시던 걸."

은비는 할머니가 보여 준 꼬깃꼬깃한 종이를 떠올리며 말했다.

"음, 어디 보자. 그래, 이번 주 일요일이 아빠 쉬는 날이니까 모시고 가면 되겠구나. 어릴 때 떠나온 고향이니 얼마나 가고 싶으시겠니. 어쩌면 가장 행복했던 시절을 보낸 곳일 텐데 말이야."

아빠는 고개를 끄덕였다.

"아휴, 그렇겠지요. 힘없는 나라에서 태어난 게 무슨 죄라고……."

엄마도 맞장구를 쳤다. 그러고 보니 이젠 엄마 아빠도 옆집 할머니에 대해 무언가를 아는 게 분명했다.

마침내 일요일이 왔다. 처음에는 한사코 고개를 내젓던 할머니도 못 이기는 척 은비네 세 식구를 따라나섰다. 차를 타고 가는 내내 할머니는 다른 때보다 더욱더 흥분한 듯 보였다.

"세월이 너무 많이 흘렀어. 그대로 있으려나 몰라."

할머니는 불안한 듯 자꾸만 손을 만지작거렸다. 사람들을 향해 욕을 퍼붓던 욕쟁이 할머니가 아니라 어린아이처럼 보였다.

아빠의 택시는 서해안 고속 도로를 씽씽 달려 충청남도 서천으로 향했다.

 마침내 차가 서천을 빠져나와 안내 표지를 따라 판교면을 향해 달려갈 때였다. 갑자기 할머니가 들뜬 목소리로 외쳤다.

 "아이고, 저기, 저기 좀 봐라. 저수지가 여태 그대로 있네. 저기 가서 아버지랑 고기를 잡곤 했는데! 세상에, 저게 그냥 있다니!"

 할머니는 자동차 창문을 열고는 고개를 이리저리 돌리며 옛날 기억을 떠올리느라 정신이 없었다.

 "저기야, 저기! 저 산기슭을 따라 들어가면 선팽이가 보일 거야. 길도 넓어지고, 신식 집들이 다 들어섰지만 산은 하나도 변하지 않았구먼. 그대로 있어."

 할머니는 옛 기억을 더듬어 족집게처럼 선팽이로 들어가는 길을 찾아냈다. 마치 할머니의 마음속에 선팽이로 가는 지도가 그려져 있는 것 같았다.

 꼬불꼬불한 길을 따라 들어가니 정말로 할머니의 고향인 선팽이가 보였다. 할머니는 산 밑에 있는 어느 집 앞에서 차를 멈추게 했다.

 "여태 있어, 여태 저기 있구먼……. 내가 태어난 집이……."

 할머니는 목이 메어 말을 잇지 못했다. 은비는 할머니를 부축해 천천히 집 쪽으로 다가갔다. 할머니는 안채와 사랑채를 둘러보며 떨리는 목소리로 말했다.

"하나도 안 변했어. 초가지붕이 기와지붕이 된 것 빼고는. 그래, 저기 외양간이 있었는데……. 아버지는 저기 저 사랑채에 앉아 글을 읽곤 했었지. 나는 이 마당에서 동생들이랑 놀았고. 저 건너편 산 밑에 큰집이랑 작은집도 있었는데……."

할머니는 눈시울을 붉히며 여기저기를 둘러보았다.

그때 안방에서 한 할머니가 방문을 열고 나와 의아한 얼굴로 물었다.

"누, 누구요?"

"……예전에 여기 살던 사람이라오. 아주 오래전에……."

할머니의 눈가가 파르르 떨렸다.

"오래전에 살았던 사람이라면……, 혹시 가실댁 딸이우?"

주인 할머니는 맨발로 뛰어나와 할머니의 손을 마주 잡았다.

"가실댁은 우리 어머니를 부르는 말인데, 누, 누구신지……?"

"아이고, 나는 큰집 아들이랑 혼인한 사촌 올케라오. 남편이 살았을 제 늘 일본으로 돈 벌러 간 사촌 여동생이 있다는 소릴 듣긴 했는데 이렇게 직접 보다니……. 이름이 뭐라더라……, 금주, 금주 맞지요? 황금주!"

주인 할머니는 기억을 더듬어 할머니의 이름을 정확하게 알아맞혔다.

"그나저나 왜 이리 오랜만에 온 게유? 얼핏 들으니 뭐 텔레비전에도 나오고 막 유명한 사람이 되었다던데요?"

"그, 그게……."

할머니는 당황한 얼굴로 말을 더듬었다. 은비는 얼른 나서서 말했다.

"네, 맞아요! 할머니가 일본 공장에서 일할 때 일본 사람들이 한국 사람들을 못살게 괴롭히고 월급도 한 푼 안 줬대요. 그래서 그걸 사람들에게 알리려고 발 벗고 나선 거예요. 할머니가 얼마나 무섭게 구는지 일본 사람들도 벌벌 떤대요. 그뿐인 줄 아세요? 할머니는 멀리 미국이랑 영국까지도 갔다 온걸요. 그렇지요, 할머니?"

은비는 얼른 나서서 할머니를 바라보았다. 위안부로 끌려갔었다는 걸 고향 사람들이 알까 봐 잔뜩 주눅이 들었던 할머니는 그제야 굳은 얼굴을 펴며 환하게 웃었다.

"그, 그래, 네 말이 맞다."

할머니는 천천히 고개를 끄덕였다.

"에구, 그렇구먼. 어릴 때부터 영특하다고 하더니만 역시 어디가 달라도 다르구먼. 그나저나 어서 이리 좀 올라오게나."

주인 할머니의 권유로 할머니는 마루에 올라가 앉았다. 그러고는 밀린 이야기를 하느라 정신이 없었다. 엄마와 아빠, 은비는 천천히 마을을 둘러보았다. 할머니가 그토록 그리던 선팽이, 아름다운 선팽이를 잊지 않으려는 듯이.

할머니의 족두리

 선팽이를 다녀온 후부터 은비네 가족과 할머니는 부쩍 가까워졌다. 은비는 거의 매일 할머니 집에서 숙제도 하고 밥도 먹을 정도였다. 할머니가 끓인 구수한 된장찌개는 그야말로 일품이었다.
 "이래 봬도 식당 할 때 손님들한테 인기가 많았지. 멀리 이사를 가서도 일부러 내가 끓인 된장찌개를 먹으러 올 정도였어."
 할머니는 된장찌개뿐 아니라 수제비도 엄마보다 훨씬 맛있게 만들었다.
 어느 날 은비는 문방구에 들러 마분지와 색색의 구슬을 사들고 겅중겅중 뛰어 집으로 돌아왔다. 그러고는 엄마의 서랍에 든 검정색 비단 조각을 꺼내 방에 틀어박혀 무언가를 만들기 시작했다.

손재주가 좋아 뭐든지 뚝딱뚝딱 만들기 좋아하는 은비는 쉴 새 없이 손을 움직였다. 딱딱한 마분지에 헝겊을 붙이고, 가느다란 철사에 구슬을 하나하나 꿰고, 머리핀이며 머리띠에 달린 반짝이는 장식품도 떼어 달았다.

'할머니가 보면 좋아하시겠지?'

점점 예쁜 족두리 모양이 되어 가는 걸 보며 은비는 속으로 중얼거렸다.

지난번에 할머니가 '족두리 쓰고 시집가서 아들딸 낳고 잘 살고 싶다.'고 말한 때부터 마음속으로 생각한 일이었다.

방 안은 온통 구슬과 헝겊, 장식품들로 어수선했다.

어느 틈엔가 날이 어둑어둑해졌다. 그때까지 은비는 쉬지 않고 족두리를 만들었다. 손끝이 아프고 다리가 저렸지만 할머니 생각에 아픈 줄도 몰랐다.

"야, 다 됐다!"

은비는 족두리를 들고 좋아서 어쩔 줄 몰랐다. 그러고는 족두리와 엄마의 화장품을 종이 가방에 넣고 할머니네 집으로 달려갔다.

"오늘은 왜 이렇게 늦었누? 난 안 오는 줄 알았지."

할머니는 반갑게 맞아 주었다.

은비는 들고 온 걸 등 뒤에 감춘 채 큰 소리로 말했다.

"할머니, 제가 근사한 걸 보여 드릴 테니 어서 한복 좀 입고 오세요, 네?"

"아이고, 다 저녁에 한복은 무슨! 싫어, 귀찮아."

할머니는 어린아이처럼 고개를 내저었다.

"아이, 할머니, 딱 한 번만요! 네? 꼭 할 게 있단 말이에요. 어서요!"

"허, 그 녀석 참 고집도 세네. 그럼, 뭘 입을까?"

"아주아주 예쁜 한복으로 입으세요. 새색시처럼 보이게요."

"호호, 새색시처럼? 아, 그럼 이걸 입어야겠네."

할머니는 서랍에서 연두색 치마와 분홍색 저고리를 꺼냈다.

"이건 너무 숭하지? 아주 옛날에 하도 이게 입고 싶어서 맞춰 둔 건데 한 번도 못 입었어. 남부끄러워서 입을 수가 있어야지."

"어머! 할머니, 그 한복 정말 예뻐요! 그거 입으세요."

은비는 잔뜩 들떠서 외쳤다.

할머니는 정말 옛날로 돌아간 듯 정성껏 한복을 차려입고는 거울 앞에 섰다.

"은비야, 이렇게 입으니 이 할머니도 한결 예뻐 보이지?"

"그럼요, 새색시 같아요! 할머니, 잠깐만요. 새색시처럼 제가 화장도 해 드릴게요."

"에고, 화장은 무슨!"

할머니는 손사래를 치며 웃었다.

하지만 은비는 할머니를 억지로 의자에 앉힌 다음, 종이 가방에서 분과 연지를 꺼내 화장을 하기 시작했다. 정성껏 분을 바르고, 입술에 빨간색 립스틱도 바르고, 연지 곤지도 찍었다. 그러고 나서 정성껏 만든 족두리를 꺼내 할머니 머리에 씌워 드렸다. 할머니는 영락없이 새색시처럼 보였다.

"세상에, 이걸 씌워 주려고 이 난리를 쳤구먼."

할머니는 거울 앞에 서서 눈물을 글썽였다.

"할머니, 족두리 한번 써 보고 싶다고 했잖아요. 참, 이제 사진도 찍어야죠."

은비는 카메라를 꺼내 울다가 웃는 할머니의 모습을 찍고 또 찍었다.

"고맙다. 내 살아서 족두리를 다 써 보고……. 정말 다시 태어난 기분이구나. 내가 진짜 새색시가 된 것만 같아. 정말 좋다!"

처음에는 쑥스러워하던 할머니는 거울을 보고 또 보며 좋아서 활짝 웃었다.

"할머니, 그런데 신랑이 없어서 어떡하죠? 할 수 없다! 제가 대신 신랑 노릇 할게요. 에헴!"

은비는 엄마의 눈썹연필로 콧수염을 그린 다음 머리에 물을 발라 뒤로 빗어 넘기고는 할머니 옆에 섰다.

"색시, 정말 예쁘구료. 오늘 밤 나와 첫날밤을 보내겠소?"

은비는 짐짓 굵은 남자 목소리로 말했다.

"아이고, 꼬마 신랑은 엄마 젖이나 더 드시고 오세요!"

할머니도 기분이 좋은지 새색시처럼 코맹맹이 소리로 말했다.

"호호호호!"

"하하하하!"

은비와 할머니는 서로 마주 보며 배꼽을 잡고 웃었다.

서른다섯 개의 화분만 남기고

 5학년이던 은비가 어느덧 6학년이 되었다. 온 세상에 봄볕이 가득했다. 은비는 여전히 할머니 집을 드나들며 지냈다. 하지만 은비는 학원이며 학교 숙제로 바쁘고 할머니도 수요 집회에 나가랴 전국을 돌아다니며 증언하랴 이래저래 바빴다.

 그러던 어느 날이었다. 은비는 학교에서 돌아오다가 그만 깜짝 놀랐다. 빙 둘러선 사람들 속에서 하얀 치마저고리를 입은 할머니가 마구 삿대질을 하며 무슨 말인가를 외치고 있었다.

 "……나쁜 놈들, 우리가 죽길 바라는 거지? 그래서 우리한테 잘못했단 말도 안 하는 거지? 네 놈들이 한 일이 낱낱이

다 밝혀졌는데도 시치미를 뚝 떼고 있으면 다야? 안 죽는다, 난 절대로 안 죽어! 네 놈들이 내 앞에서 무릎 꿇고 사과할 때까지 절대 안 죽는다!"

할머니는 거의 울듯이 버럭버럭 소리를 질렀다. 위안부 할머니 또 한 분이 돌아가신 듯 보였다.

"저 할머니 정신이 돌았나 봐. 아무나 보고 저렇게 소리를 지르잖아!"

"도대체 누구한테 저러는 거지?"

사람들이 수군수군하며 손가락질을 했다.

"뭐라고요? 우리 할머니가 정신이 돌았다고요? 기가 막혀서! 우리 할머니가 어떤 사람인지 알지도 못하면서!"

은비는 사람들 사이를 헤치고 들어가며 소리를 꽥 질렀다. 그러고는 할머니에게 다가가 다정하게 말했다.

"할머니, 여기서 뭐하는 거예요? 어서 나랑 같이 집에 가요, 네?"

"그래, 가자. 집에 가자."

할머니는 말 잘 듣는 아이처럼 은비를 따라 집으로 돌아왔다. 그러고는 지친 듯이 하얀 치마저고리 차림으로 그냥 이부자리 위에 누워 잠이 들었다.

'위안부 할머니 또 한 분이 돌아가셔서 너무 상심하신 거야.'

은비는 할머니가 더욱더 안쓰럽게 여겨졌다.

그 후로 은비는 할머니가 이상한 행동을 자주 한다는 걸 느꼈다. 한 말을 하고 또 했다. 어느 때는 수요집회에 나갔다가 엉뚱한 버스를 타 낯선 데를 헤매다가 돌아오기도 했다.

'왜 저러시지?'

은비는 어쩐지 자꾸만 불안한 마음이 들었다.

토요일 오후였다. 은비는 할머니가 끓인 수제비를 먹다가 그만 우웩, 하고 토하고 말았다.

"할머니, 수제비 맛이 왜 이래요? 혹시 설탕 넣으신 거예요?"

"뭐어? 아니야, 저기 있는 소금 조금 넣었는데?"

할머니는 무슨 소리냐는 듯 수제비 국물을 떠서는 맛을 보았다.

"에구, 내가 노망이 난 모양이다. 분명히 소금을 넣었는데 이게 왜 이리 달지?"

할머니는 고개를 갸우뚱하며 말했다.

하지만 할머니는 점점 더 정신이 딴 데 가 있는 듯 보였다.

며칠 후 일찍 일을 마친 아빠가 은비와 달콤한 딸기를 사 들고 할머니를 찾아갔을 때였다.

"제, 제발, 사, 살려 주세요! 집에 가, 가고 싶어요. 우릴 어서 집에 보내 주세요, 네?"

할머니는 아빠를 보자마자 무릎걸음으로 다가가 두 손을 싹싹 비비며 애원했다.

"하, 할머니, 왜 그러세요? 아빠예요, 저희 아빠!"

은비가 깜짝 놀라 외쳤지만 할머니는 여전히 딴소리만 했다. 그러다가 또 갑자기 방 한구석으로 도망을 가서는 두 무릎 사이에 얼굴을 묻고 외쳤다.

"으악, 싫어요, 싫어! 무서워요!"

할머니는 벌벌 떨며 소리쳤다. 그 옛날 일본 군인들에게 당한 일이 되살아난 모양이었다.

"아무래도 할머니가 이상하구나. 정신이 오락가락하는 것 같아."

은비는 믿을 수가 없었다. 다급하게 할머니를 흔들며 물었다.

"할머니, 내가 누구예요?"

"누구긴, 우리 은혜지. 엄마 딸 은혜! 에구, 귀엽기도 해라."

할머니는 은비를 가슴에 끌어안았다. 은비를 어릴 때 데려다 기른 딸 은혜로 여긴 것이다.

할머니의 증세는 날이 갈수록 심해졌다. 은비는 학교에 가서도 할머니를 생각하면 가슴이 아릿해 왔다.

얼마 후 학교에 다녀와 할머니 집으로 간 은비는 깜짝 놀랐다. 낯선 여자 몇 명이 할머니 방에 모여 있었다.

"누구세요?"

은비는 깜짝 놀라 물었다.

"응, 할머니가 요즘 수요집회에 통 안 나오셔서 무슨 일인가 하고 와 본 거란다. 네가 은비구나? 할머니한테 얘기 많이 들었다. 요즈음 손녀딸 같은 네가 있어서 적적하지 않다고 하시더구나. 그런데 어쩌니? 할머니가 저렇게 정신이 오락가락하시니. 아직 할 일이 많이 남았는데……."

한 여자가 안타까운 듯 말했다.

"아무래도 더는 혼자 사시면 안 될 것 같아. 무슨 일이 생길지도 모르고."

"우선 우리 쉼터로 모셔 가면 어떨까? 옆에 사람들이 있으니 안심도 되고."

사람들은 걱정스런 얼굴로 이야기를 주고받았다.

"그래, 오늘 당장 모셔 가는 게 좋겠어."

"할머니, 일어나세요. 이제부터 쉼터에 가셔서 다른 할머니들이랑 사세요. 그럼 할머니도 심심하지 않고 좋으시겠죠?"

"그래, 좋아! 우리 집에 갈 테야. 어머니랑 아버지랑 같이 살아야지."

할머니는 생글생글 웃으며 딴소리만 했다.

"쯧쯧, 그렇게 강하던 할머니였는데."

사람들은 눈물을 글썽이며 서랍장에서 할머니 옷가지를 챙기기 시작했다. 은비는 깜짝 놀라 외쳤다.

"할머니를 모셔 간다고요? 어, 어디로요?"

"응, 서대문에 위안부 할머니들이 모여 사시는 집이 있단다. 거기 가면 돌봐 주는 사람도 있으니까 여기보단 더 나을 거야. 여기 혼자 계시다가 무슨 일이라도 당하면 큰일이잖니."

"그, 그래도……."

은비의 눈에서 눈물이 뚝뚝 떨어졌다.

"울지 마. 괜찮아지면 다시 오실 텐데 뭘. 그렇지요, 할머니?"

"그래, 그래! 은혜야, 엄마 나갔다 올게. 집 잘 보고 있어. 참, 저기 저 화분 잘 키워야 해, 알았지? 아, 참, 내 족두리 가져가야지! 이거 내 거야, 내 거!"

할머니는 갑자기 서랍장 위에 놓인 족두리를 품에 안고는 좋아서 싱글벙글 웃었다.

"자, 어서 갑시다."

사람들은 할머니를 모시고 밖으로 나갔다. 은비도 눈물을 훔치며 뒤따라갔다.

"은혜야, 왜 울어? 어서 들어가! 어서!"

할머니는 연방 손짓을 했다.

"치, 바보 할머니. 나보고 자꾸 은혜래. 미워!"

은비는 자꾸만 딴소리를 해 대는 할머니가 미웠다. 텔레비전에서 본 것처럼 소리를 지르고 사람들에게 욕을 퍼붓는 그런 할머니가 더 좋은데. 저렇게 바보처럼 히죽히죽 웃기만 하는 할머니는 싫은데.

마침내 할머니는 엘리베이터를 타고 아래층으로 내려갔다. 주먹을 꼭 쥔 채 가만히 서 있던 은비는 후다닥 계단을 뛰어 내려갔다.

"할머니, 할머니이!"

은비는 숨이 턱에 닿도록 달려갔다. 그러자 할머니가 까만색 승용차 뒷자리에 오르려는 게 보였다.

"할머니! 잠깐, 잠깐만요!"

은비는 자동차 문을 잡고 이쪽을 바라보는 할머니 품에 와락 뛰어들었다.

"할머니, 꼭 다시 돌아와야 해, 알았지? 그때까지 내가 할머니 집 잘 보고 있을게. 그동안 꽃에다 물도 잘 줄게! 그러니까 꼭 돌아와야 해, 응?"

"그래, 그래. 엄마가 금방 다녀온다니까."

할머니는 은비를 껴안고는 어깨를 두드려 주었다. 은비는 할머니 품에 안겨 엉엉 울었다.

 잠시 후 누군가 할머니를 차에 태웠다. 할머니가 탄 차는 천천히 아파트를 빠져나갔다. 할머니가 고개를 돌려 은비를 바라보았다. 은비는 자신도 모르게 마구 달려갔다. 자동차가 더는 보이지 않을 때까지.

 그날부터 은비는 할머니가 미국에 갔을 때처럼 날마다 할머니 집에 들러 화분에 물을 주었다. 그럴 때마다 집 어느 구석에서 할머니가 활짝 웃으며 달려 나올 것만 같았다.

 "너희들도 할머니 보고 싶지? 나도 그래. 그러니까 어서 빨리 할머니가 돌아오시게 해 달라고 빌어 봐. 응?"

 물뿌리개로 물을 뿌려 주던 은비는 어느 틈에 할머니처럼 베란다에 쭈그려 앉아 꽃나무들에게 중얼중얼 이야기를 했다.

 하지만 그렇게 봄이 가고 여름이 지나 가을이 다 되도록 할머니는 돌아오지 않았다.

 그러던 어느 날, 학교에서 돌아오던 은비는 깜짝 놀랐다. 집 앞에 이삿짐 차가 서 있는데 그 안에 낯익은 살림살이가 보였다. 할머니 방에 있던 낡은 서랍장이며 작은 방에 쌓아 두었던 이불 보따리와 크고 작은 종이 상자들이었다.

 "안 돼!"

은비는 후다닥 507호로 달려갔다. 그러자 막 이삿짐을 들고 나오는 사람들이 보였다.

"아저씨, 누, 누구세요? 누군데 남의 살림살이를 맘대로 가져가요?"

"꼬맹아, 우린 그저 부산에 사는 고객이 시키는 대로 할 뿐이야. 이 집 할머니 딸이 짐을 몽땅 부산으로 실어 오라고 했거든. 그 딸이 이 집 할머니를 부산 어디 요양원으로 모셔 갔다던데. 아무튼, 어서 비켜라."

"그, 그럼, 이 집은요?"

"그걸 내가 어떻게 아니? 조만간 누군가 이사를 오겠지 뭐."

"네에?"

은비는 아저씨의 말에 잠시 멍해졌다.

"그나저나 저 꽃나무들은 다 어쩌지? 부산 아주머니가 다 버리고 오라던데. 버리는 게 더 일인 줄 모르나? 나 원 참!"

한 아저씨가 투덜거렸다. 은비는 깜짝 놀랐다.

"아저씨, 저 화분들을 버린다고요? 안 돼요. 할머니가 얼마나 애지중지 기르시던 화분인데 저걸 내다 버리다뇨! 제가 다 키울게요. 바로 옆집에 살거든요. 저희 집에다 좀 옮겨 주세요, 네?"

"뭐어? 저걸 다?"

"네!"

은비는 고개를 끄덕였다.

"그렇게 하면 우린 더 좋지. 저걸 버릴 생각에 머리가 다 지끈거렸거든. 자, 그럼 어서 앞장서라. 우리가 날라다 주마."

은비는 얼른 집으로 달려가 문을 활짝 열었다.

"에구, 이렇게 콧구멍만 한 집에다 저 많은 화분을 다 들여놓는다고?"

화분을 들고 온 아저씨들은 집 안을 둘러보며 비웃듯 말했다.

"치, 이 집이 뭐가 좁다고요! 저기 베란다랑 건넛방이랑 여기 거실에다 다 놔 주세요!"

은비는 싸움 대장처럼 주먹을 꼭 쥔 채 아저씨를 올려다보았다.

"허허, 꼬마 아가씨. 알았다, 알았어. 화분으로 국을 끓여 먹든 떡을 해 먹든 네 맘대로 하렴."

아저씨들은 땀을 뻘뻘 흘리며 화분을 날랐다.

"한 개, 두 개, 세 개, 네 개……. 아이고 전부 서른다섯 개나 되네. 이럴 줄 알았으면 죄 실어다가 꽃집에 팔걸 그랬나."

"말도 안 돼요! 우리 할머니 화분인데 아저씨 맘대로 판다고요? 할머니가 오실 때까지 제가 잘 키워야 한단 말이에요. 이건 할머니가 제일 아끼는 거니까요."

"그래, 알았다, 알았어. 그럼 우린 간다!"

아저씨들은 혀를 끌끌 차며 집을 나섰다.

그날 밤 엄마 아빠는 놀라서 할 말을 잃은 듯 보였다.

"세상에! 은비야, 우리가 이걸 다 키우는 건 무리야. 그러니까……."

"싫어, 내가 키울 거야."

은비는 고집스레 말했다. 은비에게 화분을 내다 버리는 건 할머니를 버리는 것과 마찬가지였다.

"좋아! 네 뜻이 정 그렇다면 할 수 없구나."

아빠가 먼저 백기를 들고 나섰다.

"당신도 참! 그렇다고 저걸 다 어디다 둔다고 그래요?"

엄마는 어이가 없다는 듯 소리를 빽 질렀다.

"아무튼 궁리를 좀 해 봅시다."

아빠는 화분들을 정리하며 말했다. 그러더니 다음 날 조립식 철제 선반을 사다가 베란다에 세워 놓았다. 큰 화분을 선반 아래쪽에 놓고 작은 화분들을 모두 선반 위에 얹으니 한결 깔끔해졌다.

"아빠, 고마워."

"고맙긴. 아빠도 할머니가 정성껏 키우던 걸 내다 버릴 생각은 없었다. 그 대신 물 주는 건 네 책임이다. 알았지?"

 은비는 고개를 끄덕였다.

 그날부터 은비는 꽃나무 앞에 주저앉아 마치 할머니가 옆에 있는 것처럼 날마다 이야기를 하곤 했다.

 "할머니, 이것 좀 보세요. 봉숭아꽃이 활짝 폈어요. 이걸로 봉숭아 꽃물 들이면 예쁘겠죠? 나중에 할머니한테 가면 보여 드릴게요. 아빠 쉬는 날."

 은비는 부산 요양원에 있는 할머니가 더욱 보고 싶어졌다. 그러다가 문득 깨달은 듯 말했다.

 "참, 그런데요 할머니, 그렇게 멀리 끌려가서 몹쓸 짓을 당한 게 할머니 잘못이 아니잖아요? 그런데 왜 그렇게 부끄러워하셨어요? 고향에도 안 가고 엄마랑 동생들도 안 만나고. 난 할머니처럼 살지 않을래요. 이젠 그날 밤 일 따윈 다 잊을 거예요. 아직 이렇게 어린데 꽃도 못 피우고 시들시들 말라 가면 억울하잖아요. 전 누구보다 예쁜 꽃으로 피어날 거라고요!"

 은비는 큰 소리로 외쳤다. 그때였다. 늘 마음을 뒤덮고 있던 검은 그림자가 스르륵 걷히고 환한 햇살이 비쳐 드는 느낌이 들었다.

 "그래, 김은비, 당당하게 사는 거야! 그렇지 애들아?"

은비는 꽃나무들에게 말했다. 은비 눈에 눈물이 맺혔다. 꽃들도 그 말을 알아들은 듯 살랑살랑 웃었다. 책상 위에 놓인 액자 속에서 족두리를 쓴 할머니도 빙긋빙긋 웃고 있었다.

● 작가의 말

꽃 엄마, 황금주 할머니

몇 년 전 여름이었다. 서울시 강서구의 한 임대 아파트에 사시는 황금주 할머니를 찾아가는 내 발걸음은 눅진한 여름 공기처럼 무겁기만 했다. 일본 대사관 앞에서 열리는 수요집회 때마다 굳게 닫힌 철문을 향해 팔을 걷어붙이고 욕을 퍼붓던 욕쟁이 할머니가 선뜻 나를 반겨 주실까 하는 걱정과 두려움 때문이었다.

평소 할머니와 친분이 깊은 이희자 선생님의 등 뒤에 숨다시피 하여 집 안으로 들어갔다. 다행히 할머니는 수요집회 때와는 달리 인자한 얼굴로 나를 맞아 주셨다. 할머니가 진하게 우려낸 차가운 보리차를 마시며 집 안을 둘러보았다. 할머니에 관한 기사가 실린 신문과 미국, 일본 등 여러 나라를 다니며 증언한 모습이 담긴 사진, 할머니를 사랑하는 사람들이 보내온 온갖 선물들로 좁은 집 안이 가득 채워져 있었다.

하지만 무엇보다 내 마음을 끈 것은 베란다 가득 놓인 화분들이었다.

"저 녀석들이 그저 나만 보면 실실 웃어. 내가 바깥에 나갈 때마다 '엄마 다녀올게. 잘 있어!' 하면 알았다는 듯 고개를 까딱인다니까. 그러니까 내가 꽃 엄마야, 꽃 엄마!"

할머니는 얼굴 가득 웃음을 띤 채 말했다.

나는 그 후 몇 번이나 할머니를 찾아가 이야기를 나누었다. 그러면서 알게 되었다. 그 꽃들은 할머니가 억울하게 끌려가 일본군에게 짓밟히기 전의 어여뻤던 처녀 시절을 떠올리게 해 주고, 그 고통으로 평생 아이를 낳지 못하는 할머니에게 귀여운 아이들이 되어 준다는 사실을.

어느 날 할머니는 주머니에서 꼬깃꼬깃한 종이 한 장을 꺼내 내게 보여 주었다. 그 안에는 할머니의 고향집 주소가 삐뚤빼뚤 적혀 있었다. 어린 시절 뛰어놀던 고향을 날마다 그리워하면서도 부끄러움 때문에 결코 가 보지 못한 그리운 고향, 선팽이.

나는 시간을 내어 이희자 선생님과 함께 할머니를 모시고 선팽이를 찾아갔다. 차가 동네 어귀로 들어서자 할머니는 잔뜩 들뜬 얼굴로 "그대로 다 있어! 저기, 내가 살았던 집이야!" 하고 외쳤다. 차에서 내리자마자 한달음에 집 안으로 들어가셨다.

하지만 어린아이처럼 그렇게 기뻐하던 할머니를 만날 수 있는 날은 그리 길지 않았다. 자나 깨나 일본의 사죄와 반성을 외치던 할머니가 치매에 걸려 부산의 한 요양원에 가게 되셨기 때문이다. 모래알이 다 빠져나간 모래시계처럼 아무것도 기억하지 못한 채 말이다.

얼마 전 한 신문 기사에 실린 사진에서 요양원에 우두커니 앉아 있는 할머니 뒤로 붉은 꽃다발이 걸려 있는 것을 보았다. 나는 갑자기 눈시울이 뜨거워졌다. 할머니는 비록 치매에 걸렸지만 자신의 꽃다운 처녀 시절과 자신이 꽃 엄마인 것을 잊지 않으신 것이다.

나는 문득 할머니가 고통스러웠던 지난 일을 모두 잊고 지금처럼 행복하고 아름다운 것들만 기억하는 게 차라리 다행이라는 생각이 들었다. 다만 이제 너무 늙고 병든 위안부 할머니들이 억울한 마음을 안고 한 분 두 분 떠나신다는 것과 그분들이 겪은 일들이 점점 잊히고 있다는 사실이 슬플 뿐이다. 그런 의미에서 『모래시계가 된 위안부 할머니』가 일본의 나시노키샤 출판사에서 일본어판으로 나오게 된 일은 내게 큰 위안이 되었다. 일본의 어린 독자들이 학교에서나 그 어디에서도 배울 수 없었던 위안부 할머니들의 일을 이 책을 통해 알게 되고, 할머니들의 아픔을 이해하게 된다면 작가로서 그보다 더 큰 보람이 어디 있겠는가. 그런데다 이제 다시 푸른책들의 〈푸른도서관〉 시리즈로 내게 되었으니 그 기쁨은 배가 되었다.

게다가 지난 수요집회 1,000회를 즈음하여 할머니들이 눈이 오나 비가 오나 시위를 하고 있는 일본 대사관 앞에 평화비 소녀상이 세워지고, 미국 뉴저지 팰리세이즈파크 도서관 앞에도 교민들이 성금을 모아 위안부 기림비를 세우고, 뜻있는 사람들이 미국 뉴욕타임스에 위안부 할머니에 관한 일을 알리는 광고를 내는 등 점점 할머니들에 대한 관심과 사랑이 깊어지고 있으니 참으로 다행이다.

 지금도 세상에는 크고 작은 전쟁이 일어나고 있고, 그 전쟁의 피해자는 결국 힘없는 어린이와 여성들이 대부분이다. 이 책을 통해 세상의 모든 사람이 강한 자에 의한 성폭력으로부터 자유로워지고 부디 인간적인 삶을 살아갔으면 하는 바람이다.

작가 이규희

〈푸른도서관〉에서 만나는 청소년 역사소설, 더 읽어 보세요!

화랑 바도루 강숙인
마사코의 질문 손연자
아, 호동 왕자 강숙인
마지막 왕자 강숙인
초원의 별 강숙인
바람의 아이 한석청
네가 하늘이다 이윤희
뚜깐뎐 이용포
천년별곡 박윤규
지귀, 선덕 여왕을 꿈꾸다 강숙인
김홍도, 조선을 그리다 박지숙
허황옥, 가야를 품다 김 정
조생의 사랑 김현화
분청, 꿈을 빚다 신현수
모래시계가 된 위안부 할머니 이규희
신라 공주 파라랑 김 정

이 규 희

1952년 충남 천안에서 태어나 강원도 태백과 영월에서 어린 시절을 보냈다. 성균관대학교 사서교육원을 나와 보성여자고등학교에서 오랫동안 사서 교사로 일하다가 지금은 창작 활동에만 전념하고 있다. 1978년 '소년중앙문학상'에 동화가 당선되어 활동을 시작한 이후 한국동화문학상·한국아동문학상·어린이문화대상·세종아동문학상·방정환문학상·윤석중문학상 등을 수상했다. 초등학교 〈국어〉 교과서에 실린 『악플 전쟁』『아빠 좀 빌려 주세요』를 비롯하여 『아버지가 없는 나라로 가고 싶다』『난 이제부터 남자다』『두 할머니의 비밀』『조지 할아버지의 6.25』『뱅뱅이의 노래는 어디로 갔을까』『모래시계가 된 위안부 할머니』 등 많은 책을 펴냈다.

푸른도서관은 10대에서 20대까지 눈부신 성장을 거듭하는 푸른 세대를 위한 본격 문학 시리즈입니다.

1 뢰제의 나라 강숙인 | 제1회 윤석중문학상 수상작
2 아버지가 없는 나라로 가고 싶다 이규희 | 세종아동문학상 수상 작가
10 마사코의 질문 손연자 | 세종아동문학상 수상작, SBS 어린이미디어대상 수상작
11 아, 호동 왕자 강숙인 | 학교도서관사서협의회 추천도서
12 길 위의 책 강 미 | 제3회 푸른문학상 수상작, 책따세 추천도서
14 발끝으로 서다 임정진 | 책따세 추천도서
15 마지막 왕자 강숙인 | 중앙일보 좋은책 100선 선정도서
18 쥐를 잡자 임태희 | 제4회 푸른문학상 수상작, 아침독서 청소년 추천도서
19 바람의 아이 한석청 | 한우리독서토론논술 필독도서
21 리남행 비행기 김현화 | 제5회 푸른문학상 수상작, 책따세 추천도서
22 겨울, 블로그 강 미 | 문화체육관광부 우수교양도서, 아침독서 청소년 추천도서
23 네가 하늘이다 이윤희 | 아침독서 청소년 추천도서, 한국어린이문화대상 수상작
27 지귀, 선덕 여왕을 꿈꾸다 강숙인 | 책따세 추천도서, 네이버 북리펀드 선정도서
30 사라지지 않는 노래 배봉기 | 문화체육관광부 우수교양도서, 국립어린이청소년도서관 추천도서
31 김홍도, 조선을 그리다 박지숙 | 문화체육관광부 우수교양도서, 아침독서 청소년 추천도서
34 밤나무정의 기판이 강정님 | 한국도서관협회 우수문학도서, 대한출판문화협회 올해의 청소년도서
35 스쿠터 걸 이 은 | 한국간행물윤리위원회 우수청소년저작 당선작, 학교도서관저널 추천도서
37 열네 살, 비밀과 거짓말 김진영 | 한국간행물윤리위원회 청소년 권장도서, 문화체육관광부 우수교양도서
38 허황옥, 가야를 품다 김 정 | 네이버 북리펀드 선정도서, 대한출판문화협회 올해의 청소년도서
40 그래도 괜찮아 안오일 | 한국간행물윤리위원회 우수청소년저작 당선작, 한국도서관협회 우수문학도서
43 나의 아버지 최유정 | 한국도서관협회 우수문학도서, 아침햇살 선정 좋은 청소년책
44 타임 가디언 백은영 | 아침햇살 선정 좋은 청소년책
47 악어에게 물린 날 이장근 | 책따세 추천도서, 대한출판문화협회 올해의 청소년도서
48 찢어, Jean 문부일 | 한국도서관협회 우수문학도서, 아침독서 청소년 추천도서
50 신기루 이금이 | 네이버 북리펀드 선정도서, 아침독서 청소년 추천도서
52 모래시계가 된 위안부 할머니 이규희 | 학교도서관저널 추천도서, 국제펜문학상 수상작
54 나는 릴라랜드로 간다 김영리 | 제10회 푸른문학상 수상작, 한국문화예술위원회 우수문학도서
57 나는 지금 꽃이다 이장근 | 문화체육관광부 우수교양도서, 어린이도서연구회 청소년 추천도서
58 우리들의 사춘기 김인해 | 한국문화예술위원회 우수문학도서, 국립어린이청소년도서관 추천도서
61 택배 왔습니다 심은경 | 한국문화예술위원회 우수문학도서, 아침독서 청소년 추천도서
63 나에게 속삭여 봐 강숙인 | 학교도서관저널 추천도서
71 우리는 가족일까 유니게 | 한국출판문화산업진흥원 세종도서
73 신라 공주 파라랑 김 정 | 학교도서관저널 추천도서
74 옥상에서 10분만 조규미 | 아침독서 추천도서, 한국도서관사서협의회 추천도서
75 별에서 별까지 신형건 | 한국출판문화산업진흥원 청소년 권장도서
76 뱅뱅 김선경 | 어린이도서연구회 청소년 권장도서, 아침독서 청소년 추천도서
78 연애 세포 핵분열 중 김은재 | 학교도서관저널 추천도서, 아침독서 청소년 추천도서
79 데이트하자! 진 희 | 학교도서관저널 추천도서, 울산남부도서관 올해의 책
80 세 번의 키스 유순희 | 국어 교과서 수록작가
81 파란 담요 김정미 | 한국문화예술위원회 문학나눔 선정도서, 학교도서관저널 추천도서
82 그 애를 만나다 유니게 | 책따세 추천도서, 아침독서 청소년 추천도서
83 너를 읽는 순간 진 희 | 한국문화예술위원회 문학나눔 선정도서
84 기린이 사는 골목 김현화 | 아침독서 청소년 추천도서
85 불량한 주스 가게 유하순 | 제9회 푸른문학상 수상작 수록
86 내 안의 안 이근정 | 한국안데르센상 수상 시인

*〈푸른도서관〉 시리즈는 계속 나옵니다!